PAPIER FRESSERCHEN
MIM-VERLAG
DIE BÜCHER MIT DEM DRACHEN

Impressum:

Alle weiteren Personen und Handlungen des Buches sind frei erfunden. Ähnlichkeiten mit lebenden oder verstorbenen Personen sind zufällig und nicht beabsichtigt.

Besuchen Sie uns im Internet:
www.papierfresserchen.de

© 2020 – Papierfresserchens MTM-Verlag GbR
Mühlstr. 10, D- 88085 Langenargen

info@papierfresserchen.de
Alle Rechte vorbehalten.
Erstauflage 2020

Lektorat: CAT creativ - www.cat-creativ.at

Illustration Cover: © SimpLine (Silhouette) + © Leonid (Flugzeug)
Adobe Stock lizenziert

Gedruckt in Polen /Bookpress

ISBN 978-3-86196-944-0 – Taschenbuch
ISBN: 978-3-86196-995-2 – E-Book

Julia Thurm

Der Moment der Stille

Ein New Yorker Jugendkrimi

Dieses Buch widme ich meinem ehemaligen Geschichtslehrer. Danke, dass Sie mehr in mir gesehen haben als ich selbst. Denn ohne Sie würde ich das hier jetzt nicht schreiben und andere das hier auch nicht lesen können.

Und für alle anderen: Danke für eure Unterstützung! Bleibt auf der Schule und geht zur Arbeit – auch dann, wenn es schwerfällt.
Love you.

Follow me on Instagram – @juliathurm

Der Moment der Stille

Ich renne, so schnell ich kann. Jeder einzelne Muskel in meinem Körper lässt mich die Säure spüren. Mit ganzer Kraft, die mir nach allem übrig geblieben ist, versuche ich, zu fliehen. Doch ich komme nicht voran. Es ist fast so, als stände ich auf einem Laufband, ein Wettlauf auf der Stelle. Der Schweiß rinnt mir von der Stirn. Völlig ausgedörrt und erschöpft falle ich auf die Knie. Überall ist brennend heißer Sand. Nur ich und die goldbraunen Dünen der Wüste. Die Sonne lacht erbarmungslos. Die Erde bebt unter mir, meine Hände zittern. Ein tiefer, pechschwarzer Abgrund reist unter mir auf. So schnell ich kann, stehe ich auf und versuche, wegzulaufen. Ich schaffe es nicht. Wie auch ohne die Energie, die dazu nötig wäre. Die Dunkelheit ist schneller. Ich falle und stürze in unendliche Leere ab. Ich höre einen Schrei und einen lauten Schuss, während ich blind wie ein Maulwurf weiter in das große Nichts falle.

Im nächsten Moment tauche ich in ein Meer ein. Es ist ein Meer aus Blut, ein kräftiges Rot. Durch mein Eintauchen spritzt die Flüssigkeit mehrere Meter hoch. Wellen wie auf hoher See verschlingen mich in dieser zähflüssigen Masse, die einen nicht an der Oberfläche trägt. Ein Sturm tobt. Meine Arme und Beine rudern. Der Wille, zu schwimmen, zu überleben, ist da und doch droht mein Körper, zu versagen, leblos und schwer auf den Grund des Blutozeans zu sinken. Ich bekomme keine Luft. Ein Gefühl, als ob man mich am Hals packt und versucht, meinem Körper die Seele zu nehmen. Im letzten Augenblick kann ich nach etwas greifen. Erst eine Sekunde später wird mir bewusst, dass es eine Hand ist, nach der ich um Hilfe ringe. Sie ist so kalt, steif und völlig regungslos. Eine Hand von vielen Händen, die plötzlich neben mir auftauchen. Sie scheinen mich zu umkreisen, immer näher zu kommen. Ich versuche, wegzuschwimmen, doch die Wellen sind immer noch zu stark. Bald darauf treiben auch die dazugehörigen Körper an die Oberfläche. An einem davon versuche ich mich festzuhalten, um über Blut zu bleiben. Ich erkenne Gesichter. Personen, die beim Versuch, das Geheimnis zu lüften, getötet wurden. Ich blicke nach rechts. Die Hand, nach der ich fasste, deren Körper mich an der Oberfläche hält, ist Drakes. Erst jetzt erblicke ich sein Gesicht. Nicht nur, dass ich ihn sehe, nein. Ich fühle seinen starren, bleichen Körper an mir. Sein Kopf dreht sich. Seine tief dunkelbraunen Augen starren mich an. Das Blut läuft ihm von der Stirn. Als sei der Kopfschuss, den ich abgefeuert habe, erst vor wenigen Augenblicken gewesen.

Ich erschrecke bei diesem Anblick so sehr, dass ich aufwache. Aufwache aus diesem Albtraum. Meine Augen sind weit aufgerissen. Ich erblicke aus dem Augenwinkel den Vollmond, der durch das Fenster mein Zimmer erhellt. Schweißgebadet reiße ich die Bettdecke von meinem Körper und setze mich hin. Ich atme schwer, mein Herz rast. Tränen rollen über meine Wangen.

„Wann hört das nur auf?", ist die quälende Frage, die mir jede Nacht durch den Kopf geht. Mit meinen dünnen Fingern greife ich in meine ungekämmten Haare, die schon lange nicht mehr das Pechschwarz tragen, sondern meinen natürlich dunkelbraunen Haarton. Die Haare sind bereits so lang geworden, dass sie mir bis zum Gesäß reichen.

Meine Lunge zieht sich zusammen. Das Gefühl der Angst, aber auch der Schuld an all dem, lässt mich in Panik verfallen. Es fühlt sich an, als ob mir der Kopf platzt. Die Narbe an meiner Stirn fängt an zu pochen. Der rechte Arm fängt an zu stechen. Ich schreie. Viele weitere Tränen landen auf der Bettdecke. Der schrille Ton, den man nach einer Explosion hört, wird in meinen Ohren immer lauter und quälender. Ich sehe die Explosion der vergangenen Zeit vor mir. Ganz besonders denke ich an den Knall in meinem Haus. Mit zittriger Hand fasse ich mir an die Stirn und streiche über die längst verheilte Platzwunde.

Eine Nachtbetreuerin kommt in mein Zimmer gelaufen. Sie setzt sich auf die Bettkante und versucht, mich in den Arm zu nehmen, um mich zu beruhigen.

Doch ich drücke sie weg von mir. „Nein", wiederhole ich immer wieder – leise und kopfschüttelnd. Sie merkt, dass eine simple Umarmung mir nicht helfen wird. Ohne ein Wort greift sie in ihre rechte Jackentasche. Heraus zieht sie eine Spritze, die ich ohne Vorwarnung von ihr in den linken Unterarm injiziert bekomme. Ich hasse das kalte

Gefühl der Nadel auf der Haut. Dabei lächelt sie mich an und nickt. „Alles wird gut, Katie."

So wie sie das sagt, klingt es immer wie ein Versprechen, an das ich noch nicht glauben kann. Ich weine und flehe sie an, es nicht zu tun. „Hör auf, bitte." Allerdings spüre ich, wie die kalte Flüssigkeit bereits durch meinen Arm fließt und das Medikament in mein Haupt schießt. Das Gefühl der Entspannung setzt ein. Der schrille Ton in meinem Kopf wird leiser, bis er schließlich ganz verschwindet. Ich fühle nichts mehr außer Leichtigkeit. Federleicht sinke ich wieder in mein Bett. Die Panik verflogen, dass Schuldgefühl gegangen. Die Betreuerin, deren Name Eve ist, deckt mich zu. Meine Augen werden schwerer, das Bild verschwommener – der Tiefschlaf setzt ein.

Ich kann zwar aus diesen Träumen erwachen und man kann mir diese Beruhigungsspritzen geben, doch die Tatsache, dass ich Drake erschossen habe, lässt sich nicht ändern. Mit nichts. So sehr ich es auch will. Die Vergangenheit ist festgeschrieben wie Tinte auf der Haut. Menschen sind meinetwegen gestorben, die es nicht verdient haben. Jeden Tag sterben Menschen, unschuldig. Rachel war einer davon. Ich werde nie vergessen, wie sie sich neben meinen Spind lehnte und mich mit ihren strahlend grünen Augen anlächelte. Man spürte sofort, dass sie ein guter Mensch war. Sie war ein Mensch mit einem großen Herzen, die einem sofort die Kälte nahm – spürbar, jede Sekunde. Ein wertvolles Geschenk. Das alles war noch deutlicher auf ihrer Beerdigung geworden. Als wir das Privileg hatten, ihre Eltern kennenzulernen und ihren damals siebenjährigen Bruder. Der ebenfalls diese strahlend grünen Augen besaß. Ich konnte seinen Blick nicht lange erwidern.

Jedes Mal diese quälenden Schuldgefühle, dass sie, wenn sie mir nicht begegnet wäre, noch leben würde. Es ist eine Empfindung, als ob ich einer Mutter die Tochter und einem Bruder die Schwester genommen hätte. Drei Jahre und sechs Monate ist das nun her und kein Tag war wie davor. Ich war damals dankbar, dass ich die Kette gefunden hatte und den Tod meiner Eltern akzeptieren konnte. Keine Frage, darüber bin ich auch heute noch sehr froh. Aber das Erlebte holte mich in den drei Jahren jeden Tag ein Stück mehr ein. Schließlich war ich, als dass alles passierte, erst vierzehn Jahre alt. Ein rebellisches Kind. Man könnte sagen, dass das Gefühl der Erleichterung in meiner Seele ausbrach, als die Richterin mir eine einjährige Therapie aufbrummte. Ein Gefühl, das keiner sonst verstehen konnte. Denn diese Last drohte, mich still und leise zu zerquetschen. Joe sagte damals zu mir, dass es sich so anfühlen würde, als würden sie mich in ein Gefängnis abschieben. Er verstand nicht, dass das eigentliche Gefängnis in meinem Kopf saß, und dort auch noch heute sitzt und mich gefangen hält.

Der Verstand ist ein mächtiges Werkzeug, das dich kaputtmachen kann. Jeder Tag wurde länger, jedes Aufstehen mühsamer, jede Nacht kürzer. Ich war mehr Körper als Seele. Auch Christin sah, dass diese Therapie eine Chance für mich war – und keine Strafe. Am Tag der Einweisung kam sie in mein Zimmer unseres neuen Hauses, weckte mich sanft und sagte schließlich: „Guten Morgen, Kämpferin, heute beginnt eine lange Reise."

Ein Satz, der mir immer wieder durch den Kopf geht, auch sechs Monate später noch. Sie hatte recht, es ist eine Reise mit ungewissem Ziel und keiner Ankunftszeit. In manchen Momenten zweifle ich und glaube, dass es überhaupt kein Ziel gibt. Was sollte man dort auch finden? Einen Ort mit allen Antworten? Niemand kann dir eine zufriedenstellende Antwort geben auf deine eigenen Empfindungen, ohne es in derselben Weise zu fühlen. Vermutlich bleibe ich auch deshalb eine Reisende, ein Leben lang. Aber das ist in Ordnung. So lerne ich die verschiedenen Facetten kennen, die diese Welt mit sich bringt.

Genau dieser Gedanke, einen langen Atemzug lang, gibt mir ein Gefühl der Hoffnung, der Stärke. Das sind Momente, aus denen ich die Energie nehme, weiterzumachen, nicht aufzugeben. Eines Tages finden wir alle unseren inneren Frieden, daran glaube ich fest. Auch wenn Zeit bedeutungslos gegenüber Dingen ist, die tief vergraben sind. Frieden ist eine Sache des Verständnisses und der Akzeptanz.

The Groundhog Day

Es ist sieben Uhr, als mein Wecker klingelt und ich aus dem Komaschlaf erwache, welchen die Beruhigungsspritze verursacht hatte. Ich drehe meinen Kopf zur Seite und betrachte den noch schellenden Wecker. Mein Körper fühlt sich an wie Blei. Schwerfällig nehme ich den rechten Arm unter der beige gefärbten Bettdecke hervor und schalte den Wecker aus. Danach reiße ich mir die Decke schweren Herzens vom Leib und setze mich auf. Alles dreht sich. Tief atme ich ein und aus. Ich kreise meinen Kopf, der Nacken schmerzt.

Wie jeden Morgen betrachte ich das eingerahmte Foto, das neben dem Wecker steht. Fast alle sind darauf abgebildet: Christin, Glen, Joe und Dina. Sie schenkten mir das Bild am Tag der Einweisung. Es hilft immerhin ein wenig. Aber trotz meines Willens, in meinen Gedanken positiv zu bleiben, gibt es Momente, in denen denke ich, dass das alles nichts bringt. Dass es nie vorbeigehen wird und ich mit mir selbst immer einen endlosen Kampf nach Frieden führe werde, nach Stille im Kopf. Augenblicke, in denen meine Seele schwach und leer ist. Es wieder dunkel wird. Das sind Situationen, die Kraft kosten. So geht es wohl jedem hin und wieder mal. Sich selbst im Weg zu stehen, ist wohl das größte Hindernis.

Heute ist wieder so ein Tag. Ich stehe vor den Waschbecken meines kahlen, sporadisch eingerichteten Zimmers und schaffe es nicht, mir im Spiegel in die Augen zu schauen. Es gibt Menschen, die tun unaussprechliche Dinge, aber betrachten sich unschuldig wie Bambi jeden Gott verdammten Tag im Spiegel, ohne Reue oder Wehmut. Wie bekommt man so etwas hin? Wie sehr muss man sich dafür selbst verloren haben? Einige dieser Menschen tragen ein schwarzes Loch in sich und nennen dies Seele. Wie beängstigend.

Ich mache den Wasserhahn an und schütte mir das kalte Nass ins Gesicht. Mit tropfendem Kinn starre ich in das Becken und betrachte, wie das restliche Wasser im Abfluss verschwindet. Dann wage ich es, hebe den Kopf und blicke mir in meine leeren Augen. Ich sehe mich an. Mit meiner linken Hand fasse ich mir in mein blasses und eingefallenes Gesicht. Die Augenringe zeichnen sich deutlich ab. Sie verraten, dass meine Nächte nicht besonders erholsam sind. Es fällt mir schwer, diesen Anblick lange auszuhalten. Ich schüttle den Kopf, nehme mein hellblaues Handtuch, auf dem das Kliniklogo eingestickt ist, und trockne mein Gesicht ab.

Ich wage es ein weiteres Mal und lasse das Baumwolltuch langsam von meinem Gesicht gleiten. Durch meine Augen sehe ich meine erschöpfte Seele. Ich lehne mich auf den Rand des Beckens. Ein Anblick, der mir Angst macht. Doch ich sehe nicht nur mich im Spiegel. Mein Verstand, er spielt mit mir, jedoch nach seinen eigenen Regeln. Meine Gegner ist mein Verstand. Er ist clever und erscheint in Gestalt von Rachel und Drake. Beide erblicke ich im Hintergrund meines Spiegelbildes. Sie haben Ausdauer mitgebracht. Sie kommen wie Ebbe und Flut. Ihre Augen bohren sich ein Loch in mein Herz mit dem Wissen, dass es mich in den Wahnsinn treiben wird.

Ich zucke zusammen und machen einen großen Schritt weg von mir selbst. In Windeseile drehe ich mich um, dort stehen sie. Meine Hände zittern, der Atem stockt. Die beiden wirken so real und doch weiß ich, sie sind eine Illusion. Meine Dämonen, sie erscheinen mir immer, wenn ich schwach bin, wenn der Schmerz und der Selbsthass am größten sind. Ich wende meinen Blick wieder in die Richtung des Spiegels. Sie sind weg, schnell wie ein scheues Reh. Ich atme auf und gehe zurück zur Wasserquelle. Es passiert immer wieder, ohne Vorwarnung. Ich soll mich davon nicht leiten lassen, mich nicht reinsteigern, sagt mein Therapeut. Er kann das leicht von sich geben. Schließlich verfolgen ihn keine toten Menschen.

Nachdem ich meine Zähne vom nächtlichen Staub befreit habe, bürste ich mir die Haare. Heute sind besonders viele Knoten darin. Andere in meinem Alter haben diese zerzausten Haare von heißen Liebesabenteuern und sind so was von stolz darauf. Ich dagegen wünsche mir, einmal einen Morgen zu erleben, an dem ich nicht merke, dass meine Seele bei Nacht keine Ruhe findet.

Als meine Mähne gebändigt ist, ziehe ich mein übergroßes, weinrotes Schlafshirt aus, meinen fliederfarbenen BH und die dazu passende Unterhose an. Derzeit das Einzige, das ich unter Kontrolle hatte. Den passenden Büstenhalter zu dem dazugehörigen Unterteil zu tragen. Dies kann ich damit von der Checkliste abhaken. Darauf bekleide ich mich mit einem rosa gefärbten Kapuzenpullover und einer verwaschenen Jogginghose. Am Ende des Ärmels bleibe ich jedes Mal mit meiner rechten Hand hängen, da alle Patienten in meiner Abteilung ein orangefarbenes Plastikarmband tragen müssen. Als hätte man ein Fünfsternehotel gebucht. Während ich mit meinen unpassend grünen Socken in die Badeschlappen steige, schließt eine Betreuerin meine Türe auf. Um Punkt halb acht, jeden Morgen.

Seit ich einmal das nächtliche Bedürfnis besaß, einen Ausflug nach draußen zu machen, fanden sie es wohl besser, meine Türe bei Anbruch der Dunkelheit verschlossen zu halten. Da verstehen die hier leider keinen Spaß.

„Guten Morgen, Katie.“

Ein schwerfälliges: „Morgen“, ist alles, was aus mir rauskommt. Wie ich diese kahlen und weißen Flure hasse. Jeden Tag denke ich, ein wenig Farbe an den Wänden wäre nicht schlecht. Man würde sich nicht ganz wie in einem Irrenhaus fühlen. Allein der Geruch, der in den drei Gebäuden das Chanel Parfüm ersetzt. Eine Mischung aus Medikamentenabhängigkeit, Desinfektionsmittel und Pfefferminztee. Dies lädt nicht gerade zum Frühstücken ein, da man gleichzeitig schauen muss, dass das Abendessen nicht wieder den Rückweg antritt bei diesem stechenden Duft.

Als ich im Essensbereich ankomme, sind die meisten anderen Patienten bereits auf den Beinen. Die meisten hier könnten meine Eltern sein oder sogar noch eine Generation darüber. Sie grüßen mich wie jeden Morgen, die einen freundlich, die anderen noch so betäubt von der Nacht wie ich. In der Cafeteria hole ich mir eine heiße Schokolade, sie erinnert mich an zu Hause. Bei jedem Schluck der süßen Milch denke ich an Christin und an Spike, den ich leider nicht retten konnte. Ich denke an so vieles.

An einen leeren Tisch, ziemlich weit in der Ecke des Raumes, setze ich mich auf einen der orangefarbenen Plastikstühle und schaue mir die Leute an. Dieser Essenssaal ist für die Personen der Psychotraumatologie. Jeder Bereich hat auch hier seine Farbe. Wenn mir jemand mit einem grünen Armband begegnet, weiß ich, er kommt aus dem psychosomatischen Bereich. Einen Menschen mit einem lila Armband werde ich wohl nie sehen. Das ist die geschlossene Abteilung. Arme Seelen, die den Verstand verloren haben, weil sie ihrem Land helfen wollten.

Ich befinde mich in einer militärischen Psychiatrie, die meisten hier sind früher einmal Soldaten gewesen – in Afghanistan oder dem Irak. Was diese Menschen an Leid gesehen oder selbst verursacht haben, wage ich mir nicht auszumalen. Man sieht es in ihren Gesichtern, bleich und leer. Sie hatten den Tod vor Augen, mehrere Male erlebt. Andere – wie ich – haben Verwandte oder Freunde beim Militär und die Chance bekommen, hier behandelt zu werden. Alle Menschen hier haben etwas erlebt, das sie nicht mehr loslässt, sie verfolgt, so wie mich. Schicksale, die das Leben schrieb. Ein Spiel, in dem nicht jeder ein As hatte oder den Joker zog.

Ich nehme einen weiteren Schluck aus meiner Tasse. In meinen Erinnerungen sehe ich Spike, wie er am Boden liegt und winselt. Ein weiterer Schluck. Klar und deutlich sehe ich die Drohung, die an meine Zimmerwand gesprüht war. Während dieses Szenarios vor meinem inneren Auge erscheint, setzt sich ein Mann, ich schätze ihn auf Mitte vierzig, diagonal an meinen Tisch. Er sieht ungepflegt aus, seine Haare stehen in jede erdenkliche Richtung ab. Seine Augen sind feuerrot. Die Falten in seinen Mundwinkeln zeigen: Er hat einiges wortlos ertragen. Mit zittriger Hand fängt er an, sein Müsli zu essen. Dann blickt er in meine Richtung, während ich einen großzügigen Schluck der flüssigen Schokolade in meinen Rachen gieße. Ich spüre seine starren Augen. Ich erwidere den Blick nicht.

„Du bist doch die eine, oder?", fängt er an, mit rauer Müslistimme zu sprechen.

Ich schweige.

„Sollst so einiges erlebt haben", nickt er nachdenklich.

Ich blicke in seine Richtung. „Ich glaube nicht, dass hier jemand ist, der nicht viel erlebt hat", antworte ich ihm, stehe auf, stelle meine leere Tasse auf einen der Geschirrwagen und verlasse die Cafeteria. Lange halte ich es hier sowieso nie aus.

Jeder hier kennt mich als *die eine*. Die eine mit dem angeblich besonders schweren Schicksal. „Du Arme und du bist noch so jung." Wie oft habe ich diesen Satz in den letzten sechs Monaten von anderen Patienten gehört. Ich hasse ihn. Diese schockierten Blicke, als wäre man ein Unmensch. Mitleid braucht der Mensch nicht. Das gibt ihm nur das Gefühl, dass das Loch, in das er sich vergräbt, noch nicht tief genug ist. Es selbst nicht noch tiefer zu machen, ist schon schwer genug. Jeder Tag ist wie ein neuer Boxkampf – als Geschenk gibt es ein neues blaues Auge. Ich bin in dieses Leben hineingeboren worden. Nichts davon habe ich mir ausgesucht oder gewünscht. Ich will weder bemitleidet noch dafür bewundert werden. Ich will einfach sein, einfach leben. Doch einfach ist leider schwer.

Mein Wochenplan ist vollgepackt mit Einzeltherapie, Gruppentherapie und Kunsttherapie. Jeden Tag dasselbe Schema. Struktur, nennen die Therapeuten das. Ich sage dazu nur: „Und täglich grüßt das Murmeltier." Ich gehe zurück in meine Zelle, so wie ich diesen Raum bezeichne. Dort ziehe ich mir meine schwarzen Turnschuhe an. Wie fast jeden Morgen spaziere ich eine Runde durch den Klinikpark. Ich freue mich darauf, die letzten zwei Tage hatte es geregnet und ich musste drinnen bleiben.

Heute ist ein sonniger Frühlingsmorgen. Der Duft der noch feuchten Wiese und den darauf wachsenden Blumen steigt einem sofort in die Nase. Ich bin gerne hier. Hier habe ich das Gefühl, wieder mehr Mensch als Krankheit zu sein. Meine Augen sind empfindlicher gegenüber dem Sonnenlicht geworden, deshalb blendet es mich zu Anfang immer. An dieser Stelle macht sich auch meistens der Schwindel bemerkbar. Eine der unzähligen Nebenwirkung des Narkotikums und der Antidepressiva.

Sobald sich mein Sehnerv an die wärmenden Strahlen gewöhnt hat, laufe ich immer zum Teich, der das Herzstück in der Mitte des Parks ist. Ich lausche jedem einzelnen Schritt, den ich abseits des Weges über das Gras mache. Den geraden Weg gehen, war noch nie so mein Ding. Am Teich setze ich mich auf die etwas ältere, rostende Bank, die unter einem Kirschbaum steht. Ein Ritual, das mir wohl von früher geblieben ist, als ich, auch nach dem Tod meiner Eltern, immer wieder in den Park, zur exakt selben Parkbank gegangen bin. Die Vögel zwitschern, es ist verrückt, als wäre man für ein paar Minuten in einer anderen Welt. Die Sonne spiegelt das tiefblaue Wasser wider. Ich sehe eine Entenfamilie, die gerade darüber gleitet. Der erfrischende Wind weht durch meine Haare. Die wachsenden Blätter rascheln. Ich schließe meine Augen, lehne mich zurück und stelle mir vor, Christin würde neben mir sitzen und wir würden gemeinsam lachen, uns in den Arm, aber auch auf den Arm nehmen. Wie Geschwister das so tun. Eine fast schon zu normale Vorstellung. Wie gerne ich so etwas mit meiner Schwester teilen würde. Für einen kurzen Moment darf ich mich lebendig fühlen.

Das ändert sich nun, es heißt, Abschied nehmen von diesem befreienden Gefühl. Sechs Monate ist eine lange Zeit und dies ist erst die Hälfte. Dunkle Gedanken steigen wieder in den Kopf. So lange bin ich schon hier und meine Berggeister verfolgen mich noch immer. Langsam öffne ich meine Augen und erstarre wieder einmal fast vor Schreck, als Rachel und Drake wie Zombies vor mir stehen. Beide tragen die Kleidung, die sie trugen, als sie starben. Mein Herz rast, es schlägt mir bis zum Hals. Ich wende den Blick ab, stütze meine Ellbogen auf die Knie und nehme meine Hände vor das Gesicht.

„Lasst mich bitte in Ruhe. Bitte", sage ich leise.

Der Anblick der beiden ist nur schwer zu ertragen. Die Wunde, die Rachel und Drake in mir zurückließen, hört gerade auf zu pochen und zu bluten, da fassen die beiden erneut hinein. Ein paar Minuten lang bleibe ich so sitzen, dann hebe ich langsam mein Haupt. Sie sind weg. Es ist wie Folter, dies immer und immer wieder auszuhalten zu müssen. Vorbei mit der Idylle und dem guten Gefühl. Ich stehe von der Bank auf und gehe den Weg zurück, da ich zur Einzeltherapie nicht zu spät kommen sollte.

„Wie fühlen Sie sich heute, Ms. Smith?"
„Nicht so gut", sage ich bedrückt und mit gesenktem Kopf.
„Erzählen Sie mir davon", sagt er erwartungsvoll, mir mit überkreuzten Beinen gegenübersitzend. Stift und Block hält er in den Händen, als würde er in den Startlöchern eines Marathons stehen und auf mein Zeichen warten, loszuschreiben. Wie jedes Mal ringe ich mit mir und der Frage: „Wie erzähle ich das nur?"
Nach kurzer Stille.
„Sie verfolgen mich immer noch. Heute Morgen, da habe ich … da habe ich die beiden sogar im Park gesehen. Sie standen einfach vor mir."
„Wie sahen sie aus? Beschreiben Sie mir die beiden."
„Sie sehen aus wie jedes Mal. So leer und tot, mit zerrissener Klei-

dung. Sie starren mich an. Ihre Gesichter sind so klar und deutlich zu erkennen, als wären sie wirklich da. Ich fühle mich nicht gut, wenn ich sie sehe.“

„Was genau fühlen Sie?“

„Schuld.“

„Sprechen Sie mit den beiden oder warten Sie einfach nur ab?“

Ich schaue ihn an. „Ich spreche nicht mit ihnen, nein. Ich flüstere nur, dass sie verschwinden sollen. Es fällt mir schwer, diese Flashbacks auszuhalten. Auch wenn Sie sagen, dass ich das tun soll. Es ist … es ist einfach so verdammt schwer“, gestehe ich bereits mit einem Kloß im Hals.

Mein Therapeut nickt und notiert sich etwas.

Nervös reibe ich meine Hände aneinander. Voller Anspannung, was er nun sagen wird.

„Wieso stoßen Sie die beiden ab?“

„Sie wissen, wieso ich das tue“, antworte ich gereizt und in dem Bewusstsein, dass er mich nun genau da hat, wo es wehtut, wo es schwer wird, eine Maske zu tragen.

„Weil es schmerzt“, antwortet er.

In meinem Kopf sieht meine Antwort anders präziser aus. Seit einmal halben Jahr komme ich bei jeder Sitzung an diesen Punkt. Ich habe noch nie laut ausgesprochen, dass ich das Gefühl habe, Rachels Familie die Tochter genommen zu haben oder zahlreichen anderen Menschen ein geliebtes Familienmitglied. Ich habe meinem ersten Freund in den Kopf geschossen, weil ich sonst alles verloren hätte. Aber dies ist keine Erleichterung oder ein Gefühl, das Richtige getan zu haben. Ich wollte nur Frieden. Frieden mit mir, in mir. Damit zurechtkommen, dass ich meine Eltern verloren habe und dass diese Kette, die ich fand, ein kleiner Trost war, an den ich mich klammern konnte. Ich wollte nie, dass irgendwer meinetwegen stirbt. Doch das ist passiert und diese Last frisst mich auf, lässt nicht viel von mir übrig. Tränen laufen mir über die Wangen.

„Ich kann das nicht, verstehen Sie“, zittert meine Stimme.

„Ms. Smith, Sie sollten versuchen, das, was Sie fühlen, auch zuzulassen und dabei sollten Sie nicht vergessen, dass es in Ordnung ist, Schuld, Trauer oder auch Wut zu empfinden. Sie lehnen all diese Gefühle ab, weil es schwer ist, sich damit auseinanderzusetzen. Es kostet

Kraft und viel Zeit, aber nur so können Sie Ihr Trauma überwinden. Indem Sie es annehmen und nicht verstoßen. Sehen Sie es als ein Teil von sich an. Nicht als einen Fremdkörper."

Tief atme ich ein und nicke, weil ich zwar weiß, dass das, was er sagt, logisch klingt, aber Praxis und Theorie sind meist wie Zwillinge – auf den ersten Blick gleich, doch bei genauer Betrachtung sehr verschieden. Quälend stelle ich mir die Frage: Wie lernt ein Mensch, etwas zu akzeptieren, das nicht in seiner Macht stand? Und jeder einzelne Schritt, etwas daran zu ändern, ihn genau in diese Richtung führt. Es ist ein Kreislauf. Jeden Tag wiederholt sich alles, jeden Tag versuchen Psychologen, mir zu helfen. Wie kann eine außenstehende Person mich verstehen wollen, wenn ich mein Innerstes selbst nicht begreife?

Veränderung

Die Blüten des Kirschbaumes sind verblüht. Ein letztes Mal wird der Wiese ein neuer Haarschnitt verliehen, bevor das weiße Pulver sie in ganzer Hülle ummantelt. Die Kinder der Entenfamilie sind nun von den Eltern kaum zu unterscheiden. Sie machen sich bereit, um aufzubrechen in ihr eigenes Leben. Nicht nur der Sommer muss sich verabschieden. Ich sitze auf dem Bett und betrachte von meinem Fenster aus, die fallenden Blätter der Bäume. „Ein Jahr", wiederhole ich immer wieder in Gedanken. Ein Jahr, in dem ich eine andere Seite des Lebens kennengelernt habe. Ich lernte Menschen kennen, die ebenfalls ein schweres Paket mit sich tragen. Aber ich lernte auch eine Seite kennen, die mir zeigte, dass ein Jahr nicht reicht, um mit all dem Geschehenen zurechtzukommen. Jedoch auch, dass es in Ordnung ist, dies noch nicht zu können.

Das Trauma hat sich in den zurückliegenden sechs Monaten verändert, es hat mich verändert. Ich lebe nun mit meinen Dämonen. Drake und Rachel begleiten mich seit geraumer Zeit häufiger. Wie kleine Mäuse schleichen sie sich in meine Gedanken. Egal, zu welcher Tageszeit das auch sein mag, ob ich schlafe oder ob es eine Mahlzeit ist, die ich einnehme, diese Seelen schließen sich allem an, was ihnen Freude bereitet. Auch in diesem Augenblick sitzen sie neben mir und betrachten mich wie eine Dokumentation auf ARTE. Sie betrachten mich immer aus bestimmten Blickwinkeln heraus. Ich empfinde es als herablassend und wütend auf meine Wenigkeit. Doch ihre Mimik ist nichtssagend. Auch wenn das Gefühl der Schuld jedes Mal im Herzen einen neuen Kratzer hinterlässt, kann ich es zulassen, es aushalten, dass sie da sind. Unzählige Therapiestunden, die ich damit verbrachte, genau dies zu lernen. Es ging hier in der Klinik nie um das Loswerden. Sondern darum, damit leben zu können. Den Rest schaffe ich hoffentlich aus eigener Hand. Ich betrachte das Armband an meinem Handgelenk. Ab morgen werde ich von dieser Fessel befreit. Bin ich bereit dafür? Eine Frage, die mir auch mein Seelendoktor, an diesem Morgen gestellt hat.

„Ich weiß es nicht, in zwölf Monaten kann viel passieren. Vieles da draußen kann sich verändert haben und vieles hier drinnen auch", war meine nachdenkliche Antwort. „Was ist, wenn ich mit meiner neuen Umwelt nicht zurechtkommen werde?" Besorgt sehe ich ihn an.

Schmunzelnd leg er seine Brille zur Seite und beugt sich zu mir. „Seien Sie offen für Neues und denken Sie daran, dass Sie das, was Sie fühlen, zulassen und Veränderungen annehmen. Das ist die beste Vorbereitung, die Sie treffen können", lächelte er.

In seinen Augen sah ich heute Morgen Zuversicht. Er glaubt an mich, mehr als ich es selbst tue. Aber das ist ja auch nicht schwer. Ich stehe von meinem Bett auf und gehe zu meiner Kunstmappe, die man mir heute mitgegeben hat. Als ich sie öffne, springt mir sofort das Bild der letzten Stunde ins Auge.

Ich malte ein Bild, mit kräftigen Farben, auf dem ein Meer oder ein großer Fluss zu sehen ist und dahinter die untergehende Sonne. Am Ufer sitzt ein Mädchen, sie trägt ein weißes Sommerkleid. Der Wind weht durch den leichten Stoff und lässt es durch die Luft tanzen. Sie lächelt und erfreut sich am Sonnenuntergang. Ihr Körper wirft zwei Schatten. Einen mit langen und einen mit kurzen Haaren. Etwas niedergeschlagen möchte ich das Bild wieder dort hinlegen, wo es so wenig Aufmerksamkeit wie möglich bekommt.

Aus dem Augenwinkel heraus sehe ich ein Gemälde, das es sich unterhalb der Mappe gemütlich gemacht hat. Von dem Moment an, als der Pinsel die Leinwand traf, war es anders. Nicht besser oder schlechter, es stand für sich. Langsam hebe ich es hoch und berühre es sacht. An manchen Stellen kann man die angetrocknete Farbe besonders gut spüren. Es hat eine interessante Wirkung auf mich. Ein Gefühl, das ich nicht erklären kann. Falls es dafür ein Wort gibt, hoffe ich bald, Bekanntschaft mit ihm zu machen. Meine Augen schließen sich. Meine Mundwinkel werden breiter. Irgendwann werde ich wissen, wieso ich dieses Bild gemalt habe und wieso es mich so empfinden lässt. Vorsichtig lege ich es zurück. Man sollte sich nicht mit anderen vergleichen, – mich mit mir selbst allerdings schon.

Das allererste Bild, das ich vor einem Jahr anfertigte. Als ich dies hochnehme, wird deutlich, in welchem Zustand ich mich damals befand. Hier wurde mit viel dunkleren Tönen gearbeitet, etwas abstrakt und nur bei genauerem Entgegensehen kann man erkennen, dass ich den Albtraum malte, in dem ich in einem Meer aus Blut ertrinke. Am Rand viele schwarze Schatten und ein Mädchen.

In den Kunststunden war es immer so, dass wir im Anschluss alle zusammen in einem Kreis saßen und jeder sagte etwas zu seinem Gemälde. Besonders auf meine Kunstwerke waren immer alle gespannt. Das lag, glaube ich heute, weniger an meinem Verständnis für die Malerei als vielmehr an der Tatsache, dass ich auch dort *die eine* war und mein Hang zur Übertreibung deutlich wurde. Ich lasse diese Albtraumverursacher wieder zurück in die Mappe verschwinden und lege diese auf meinen bereits zur Hälfte gepackten Koffer. Noch einen Augenblick lang verharren meine Augen auf den Berg der Leistungen, die ich nach zwölf Monaten mit nach Hause nehme.

Die Furcht, dass mein Leben da draußen mich wieder zu der Person machen könnte, die ich nicht mehr sein will, ist groß. Doch ebenso gewaltig ist die Freude, die ich empfinde, wenn ich an Christin, Dina, Joe und Glen denke.

Ein letztes Mal will ich mir die Turnschuhe anziehen und mich in den Park begeben. Während ich die Schnürsenkel des linken Schuhs langsam zur Schleife forme, verspüre ich das Verlangen, das frisch gemähte Gras zwischen meinen Zehen zu spüren. Ein letztes Mal, bevor sich der Sommer endgültig verabschiedet.

Ich gehe nach draußen. Weich fühlt sich das Grün an. Beinahe jeder Halm ist spürbar. Die Erde trägt noch die Wärme der Sonne in sich und gibt mir ein angenehmes und geborgenes Gefühl. Ich bleibe vor der alten Parkbank stehen, auf der ich Tag für Tag meine Verbindung nach Hause suchte. Es hört sich wohl verrückt an, aber der Ort hier wird mir fehlen. Ein letztes Mal platziere ich mich auf dieser Sitzmöglichkeit. Auch Drake und Rachel scheinen etwas frische Luft zu brauchen und setzen sich neben mich. Wie zwei alte Freunde, die ich nach all der Zeit im Park wiederfinde. Als würden sie mir die Sicht auf den kleinen See wenigstens heute nicht ruinieren wollen. Nach einer Ewigkeit darf ich die Sonne – ein letztes Mal an diesem Ort – untergehen sehen. Majestätisch sieht sie in ihrem flammenden Rot aus und doch wirkt sie melancholisch wie nie. Nur Minuten später ist sie weg – mit der Sonne geht auch die Wärme, aber niemals das Licht. Denn der

Mond und die Sterne sind immer da, wenn es dunkel ist. Ich spüre den frischen Wind an den Füßen, die beginnende Gänsehaut. Also beschließe ich, aufzustehen und ein letztes Mal abseits des Weges zu gehen. In ein Zimmer, in dem ich zum letzten Mal die Augen schließen werde. Denn morgen ist der Moment gekommen, der mein Leben erneut verändern wird ...

Das neue Leben

Das letzte Stück, das in meinem Koffer fehlt, ist das Gruppenfoto, welches man mir zum Abschied damals mitgegeben hatte. Der schlichte Goldrahmen, der nur an den Ecken verschnörkelt ist, trägt bereits eine dicke Staubschicht. Mit meiner Hand versuche ich, so viel wie möglich von diesem Dreckfilm zu entfernen. Ganz gelingen will mir das nicht. Beim Betrachten des Fotos wird mir bewusst, wie sehr mir alle fehlen. Diese Menschen sind schließlich meine Familie. So sehr ich mich auf das Wiedersehen freue, so sehr trage ich auch Furcht in mir, wie alles seinen Lauf nehmen wird. Nicht nur die Angst, dass ich wieder zur depressiv traumatisierten Person dahinvegetiere, sondern auch die Frage, was ist, wenn ich nicht mehr zu ihnen passe? 365 Tage lang starrte ich in eingefrorene Gesichter und trotzdem gab dieses Foto mir so viel Halt. Dieses Stück Papier war meine Heimat, da ich keinen Kontakt – weder mit meiner Schwester noch mit sonst wem – haben durfte, um mich auf mich selbst konzertieren zu können. Was ist, wenn ein Jahr ausgereicht hat, um mich so zu verändern, dass mein Puzzleteil nicht mehr in das Gesamtbild passt? Was ist, wenn ich mit meiner Umwelt zurechtkomme, doch diese nicht mit mir? Es gibt keine Fragen, die mir mehr Gänsehaut bereiten als diese. Dennoch werde ich die Antworten nur herausfinden, wenn ich es versuche. Mit den immer wiederkehrenden Fragen in meinem Kopf packe ich das Foto ganz oben auf den Kleidungs- und Kunstberg. Dann schließe ich den Reißverschluss, der fast ganz um den Koffer geht. Ohne die tatkräftige Unterstützung meiner Knie wäre er nicht so leicht zu schließen gewesen. Nun ist er zu.

Diese Reise wäre geschafft, ein Hügel von vielen folgenden überwunden. Mit dem Zuriegeln des Koffers packe ich nicht nur neue Erfahrungen ein, sondern auch alte Begleiter, von denen ich dachte, ihre Fesseln innerhalb eines Jahres abstreifen zu können. So einfach ist das nicht. Drake und Rachel nehme ich ebenso wieder mit nach Hause wie das Schuldgefühl. Eines Tages fällt der Apfel. Das war die Hoffnung, die man mir mit auf den Weg gegeben hatte.

Bevor ich die Türe hinter mir schließe, wandert mein Blick noch einmal durch das Zimmer. Ich lächle und doch merke ich, wie sich ein kleiner Teich in den Augen sammelt. Dieses Zimmer gab und nahm mir vieles. Vor allem Schlaf. Dann schließe ich das Tor, atme tief ein und rolle ein letztes Mal mit meinem Koffer durch die Flure. Meine Nase nimmt jedes Mal die furchtbaren Gerüche wahr, egal wie oft ich sie schon gerochen habe. Etwas, das ich nicht vermissen werde. Ich klopfe am Zimmer des Chefprofessors, der mit heute meine Entlassungspapiere ausstellen wird. Eigentlich werden diese von einer Betreuerin oder den zuständigen Psychologen überreicht. Ich scheine wohl auch für ihn ein spezieller Fall zu sein, dem er die Papiere wohl lieber persönlich aushändigt.

„Guten Morgen, Miss Smith. Setzten Sie sich doch bitte", begrüßt er mich freundlich, strahlend und mit ruhiger Stimme.

„Guten Morgen, Professor Franklin", erwidere ich ebenfalls freundlich.

„Wie fühlen Sie sich?", fragt er zuversichtlich, während wir uns an seinem prunkvollen Schreibtisch platzieren.

„Gut, gut. Danke", antworte ich etwas zögernd.

„Sie haben Angst, nicht wahr? Lassen Sie mich Ihnen eines sagen. Die Angst ist nicht unser Feind. Angst ist versteckter Mut, der sich nicht traut, herauszuspringen. Also sein Sie mutig. Ich habe selten so eine starke junge Frau wie Sie getroffen. Ich bin mir sicher, auch Sie werden Ihre Stärke bald erkennen", gestikuliert er wild vor sich hin.

Professor Franklin ist mit Sicherheit nicht mehr der Jüngste, was er mit seinen Augen nicht mehr sehen kann, macht er mit seinen Weisheiten wohl wieder gut. Das Einzige, dass ich auf seinen Vortrag reflektieren kann, ist ein respektvolles Nicken. Geduldig entfaltet er die Entlassungspapiere, um seine Unterschrift darunter zu setzen. Mit etwas zittriger Hand nimmt er den Deckel des Füllers ab und fängt an, kritzlige Linien zu produzieren. Danach faltet er die Papiere dreimal, steckt sie in einen weißen Umschlag und überreicht sie mir. Gebannt starre ich auf den Brief. Professor Franklin schmunzelt und nickt. Ich schau ihm in die Augen, ein tiefes, von Herzen kommendes: „Danke", ist alles, was ich herausbekomme.

„Danken Sie nicht mir, Miss Smith. Danken Sie sich selbst", sagt er, während er aufsteht und mich zu Türe hinausbegleitet. „Und vergessen Sie nicht, hin und wieder mal das Blatt zu wenden, Miss Smith", nickt er.

In der Unverständlichkeit dieses Satzes werfe ich Professor Franklin einen fragenden Blick zu. Als ich gerade etwas dazu sagen will, reicht er mir seine Hand und verabschiedet sich in aller Förmlichkeit – so wie es Professor Franklins Art nun mal ist – und schließt die Tür hinter mir.

„Okay?", flüstere ich leise für mich. Ich nehme meinen Rollkoffer, den ich vor der Türe geparkt hat, und rolle damit weiter den kahlen Korridor entlang. Immer wieder wandert mein Blick zurück zu Professor Franklins Tür und zugleich auch immer auf den weißen Umschlag.

„Das Blatt wenden?", flüstere ich erneut. In meinen Gedanken versunken, bemerke ich erst im letzten Augenblick, dass ich nun am Ausgang der Klinik stehe. Davor haben sich alle versammelt – meine Kunsttherapeutin, mein Psychologe und ein paar Patienten, mit den ich hin und wieder mal eine Unterhaltung geführt habe. Aber auch die Person, die mich in meinen schlimmsten Zuständen erlebt hat. Eve. Meine Nachtbetreuerin, meine beste Freundin in diesem Jahr. Sie hält einen Blumenstrauß mit gelben und orangen Dahlien in den Händen und kämpft sichtlich mit den Tränen. Das alles hier erfüllt mich mit Dankbarkeit, denn ich hätte nie gedacht, dass ich diesen Menschen etwas bedeute. Meine Kunsttherapeutin schenkt mir eine herzliche Umarmung und gibt mir auf den Weg, mit dem Malen nicht aufzuhören. „Ich sehe da Talent", sprach sie einmal zu mir. Von meinem Psychologen bekomme ich wie immer einen festen Händedruck und ein leichtes Getätschel auf die Schulter. Nachdem ich jedem anderen Lebewohl gesagt habe, verabschiede ich mich von Eve.

„Danke dir für alles. Ich glaube, du hast mich aus den tiefsten Löchern geholt, Eve", sage ich mit Wehmut und viel Dankbarkeit. „Ich werde dich vermissen."

„Ach, Katie", ist alles, was sie sagt. Dann drückt sie mich fest und lange. Ein Moment, von dem ich weiß, dass er einen festen Platz in meinem Herzen sicher hat. „Die hier sind für dich", überreicht sie mir mit verschmierter Wimperntusche den Dahlienstrauß. Noch einmal umarmen wir uns.

Es ist vorbei. Ich darf in ein neues, altes Leben zurückkehren.

Die Schiebetür öffnet sich, ein letztes Mal blicke ich zurück. Winkend drehe ich mich um. Meine Füße übertreten die Schwelle, die mich einst vor mich selbst gerettet hat. Ich spüre den Wind in meinem Gesicht, als wäre er ein anderer wie gestern. Am Ende des Weges ist der Parkplatz der Klinik. Dort steht ein weinroter Range Rover und lässig dagegen lehnend ... Christin. Sie hat mich noch gar nicht bemerkt. Emotional in einer Achterbahn gefangen, lache und weine ich zugleich. Ich laufe schneller, gerade in dem Moment, in dem ich ihr zurufen möchte. Hüpfend, von Gefühlen überwältigt, in der einen Hand den Blumenstrauß, in der anderen die Entlassungspapiere und den Henkel des Koffers. Da passiert es. Am Ende des Parkplatzes, weit hinter dem Range Rover, erblicke ich eine Person. Es hätte jeder sein können, der da durch Zufall steht. Weiße ausgewaschene Chucks, schwarze Jeans, deren Stoff an den Knien schon so dünn ist, dass dieser bald reißen wird, schwarzer Kapuzenpulli und blaue Jeansjacke. Ich werde langsamer. Es ist, als ob man mir kurz den neu gewonnen Boden nimmt. Fast schon zu berechenbar, lasse ich den Koffer und den Umschlag fallen. Aus dieser Entfernung ist es schwer, alles genau zu erkennen. Ob dieser Geistesblitz, den ich im Kopf habe, stimmt? So seelenruhig wie diese Person dort steht, scheint sie eher auf anderer Mission zu sein, als auf mein Herauskommen zu warten.

„Das ist heute alles sehr viel. Meine Gedanken spielen nur verrückt", spricht die Selbsthilfe aus mir.

Gerade als ich mich bücke, um den Umschlag und den Henkel des Rollkoffers wieder in die schwitzende Hand zu nehmen, sehe ich im Augenwinkel, dass Christin mich nun bemerkt hat. Strahlend rennt sie auf mich zu, „Katie!", platzt es aus ihr heraus.

Ich verliere fast den Halt auf den Beinen, als sie mich in den Arm nimmt. Meine Schwester zu halten, ist, als würde mein Rückgrat alle Wirbel wieder dort hinschieben, wo sie hingehören. Ich vernehme ihr Schluchzen, ihr Herz rast ebenso wie meines. Nie habe ich mehr Liebe und mehr Vollkommenheit zur selben Zeit empfunden. Ich habe meine Blutsverwandte wieder. Ein großes Herz, das in zwei Körper schlägt. Große Krokodilstränen fließen über meine Wangen. Ich bin zu Hause. Diese Gerüche, die Gespräche, füreinander da sein. Die Erinnerungen.

Dieser Moment soll ewig dauern. So sehr man sich dies wünscht, ist er einen Augenblick später verstrichen. So ist das nun mal. Das, was er einem gegeben hat, bleibt für immer. Dies sage ich nicht, weil ich die Weisheit besitze, dass ein Moment nicht ewig währt, nein, dies ist die Erkenntnis aus zahlreichen Augenblicken, die vorbeistrichen. Es brach mir jedes Mal aufs Neue das Herz, diese erloschen zu sehen, und doch vergaß ich keinen davon – und dies ist die wichtigste Lektion. Wie lange ein Augenblick schon entfernt liegt, spielt keine Rolle, sondern nur, welche Bedeutung er für uns hat. So und nicht anders behält man Momente für sich, die von Belang sind.

Der Druck ihrer Arme fällt, langsam lösen wir uns voneinander. Sehen uns in die Augen. „Lass dich ansehen, wie groß du geworden bist", betrachtet sie mich stolz von oben bis unten.

„Ich war nur ein Jahr weg, Christin", antworte ich schniefend.

„Viel zu lange", grinst sie. Während sie mir den Koffer und den Brief abnimmt, bestehe ich darauf, den Strauß Dahlien selbst zu tragen. Wir laufen zum Wagen. Mein Blick schweift noch einmal über den riesigen Parkplatz. Die Person, von der ich dachte, dass sie aussieht wie jemand Bestimmtes, ist weg.

Während Christin mein Gepäck im riesigen Kofferraum des Rovers verstaut, setze ich mich auf dem Beifahrersitz und betrachte den Briefumschlag. Professor Franklins Worte wollen mir ebenso nicht aus dem Kopf gehen wie das eben erblickte Fantasiegebilde. Als meine Schwester sich in das Auto setzt, ist die erste Frage, die ich stelle, wo die anderen sind. Christin schmunzelt nur und fährt los.

„Alles klar, wie fett wird die Überraschungsparty denn?", lache ich ihr provokant entgegen. Sie schweigt und schüttelt grinsend den Kopf. Wohl in der Hoffnung, dass ich keine weiteren Fragen mehr stelle.

Meine Vergleichsmöglichkeiten mit diversen Partys sind verschwindend gering und mit *gering* meine ich *nicht existent*. Von diesem Standpunkt aus betrachtet muss ich mich heute tatsächlich überraschen lassen. Wieder und wieder schlage ich taktvoll den Brief gegen das Handschuhfach.

„Du siehst aus, als würdest du auf Glassplittern sitzen."

„Ja, so in etwa."

„Falls es die Party ist, die dich so beschäftigt, kann ich dich beruhigen", grinst sie verlegen.

Wenn es nur das wäre. Ich schüttle den Kopf. Die Bäume und Häuser rasen an meinen Augen vorbei. Die Gedanken spielen den ganzen

Weg über verrückt. Besser ist es, wenn ich Christin nichts davon erzähle. Sie würde sich nur unnötig Sorgen machen oder vermutlich sowieso an der Glaubwürdigkeit des Ganzen zweifeln. Mich selbst verwundert es allerdings, dass sie keine Kenntnis von ihm genommen hat.

„Wie war die Fahrt zur Klinik? Habe ich dich gar nicht gefragt."

„Ganz gut, weniger los auf den Straßen als gedacht."

„Hat also alles reibungslos funktioniert, schön."

„Ja, das ist schön", gibt sie wieder.

„Bist du jemandem begegnet, den wir kennen?"

„Begegnet?"

„Ja, weil es so ruhig und leer war, als ich rausgelaufen bin."

„Ach so, nein nur hier und da sind ein paar Menschen vorbeigekommen. Wieso bohrst du so?", will sie wissen.

„Nur so, war lange nicht unterwegs", schließe ich die Unterhaltung ab.

Nach vier Stunden biegt der Range Rover in eine kleine Seitenstraße ab. Reihenhäuser so weit die Sehkraft reicht. Perfekt für Personen, die für eine Weile untertauchen müssen und eine schöne Bleibe suchen. Dina, die es kaum erwarten kann, die Türe zu öffnen, springt fast wie Bugs Bunny durch sie hindurch. Auffällig von der ersten Sekunde, in der ich sie sehe, ist, dass sie nach all der Zeit die eine Person ist, so scheint es, die sich nie verloren hat. Negatives prallt bei ihr ab wie der Ball bei einem Tennisschläger. Der Anker unter all den Menschen, die Gewicht in meinem Leben haben. Ich bin mir sicher, auch diese Menschen kommen irgendwann am Scheideweg an und überlegen: „Wohin nun?" Man merkt es bei ihnen nicht, denn sie grübeln allein, weinen allein, sind stark allein. Auf diese Menschen sollte man besonders achtgeben. Denn auch dem besten Tennisschläger reißt mal eine Saite. Sie sieht großartig aus mit ihren hellblonden Locken, die ganz lässig auf den zarten Schultern Platz nehmen. In vier Jahren waren sie erstaunlich wenig gewachsen. Aber einem Engel, wie sie einer ist, steht jede Frisur.

„Du hast keine Ahnung, wie sehr ich dich vermisst habe!" Mit diesen Worten klammert sie sich an mich. Ich schließe meine Augen und genieße ihr Dasein.

„Wir wollen auch noch was von ihr", lacht Joe und greift sich meinen Arm. Er hebt mich hoch in die Luft und drückt mich, wie es ein großer Bruder tun würde. Seine neue Freundin scheint ihm gutzutun. Christin hat mir auf der Fahrt bereits von ihr berichtet. Er strahlt und – das nicht nur wegen seines Vollbartes – eine gewisse Attraktivität aus. Der Charme eines Chris Hemsworth. Erneut umarmt Joe mich herzlich. „Schön, dass du wieder da bist."

„Ich bin auch froh."

Seine grün-braunen Augen glänzen und doch sieht man, dass es noch wehtut in seinem Herzen. Auch ihn scheint das Ganze noch nicht losgelassen zu haben. Noch viel deutlicher wird das, als Glen um die Ecke watschelt. Sofort verändert sich die Stimmung. Eine schwarze Wollmütze bedeckt einen großen Teil der Brandnarben. Im Nacken und an den Händen sind sie sehr klar zu sehen. Leicht rosa an manchen Stellen, an anderen schon etwas bräunlicher. Wir alle sind gebrandmarkt, physisch wie psychisch. Allerdings erzählen keine Narben so viele Geschichten wie seine. Auch wenn es hart ist, zu sehen, wie stark er davon beeinflusst ist, bin ich unsagbar froh, dass Glen heute lächelt. „Hey, Katie", grinst er mir verschmitzt entgegen. Als er damals nach drei Wochen im Koma aufwachte, konnte er sich an vieles nicht mehr erinnern. Jämmerlich sank ich damals in der Toilette des Krankenhauses zu Boden, als ich das bemerkte. Begriff, dass dieser leuchtende Kern ihm künftig fehlen könnte. Ein leuchtender Kern so strahlend wie der Diamond eines Ringes. Die kleinen Dinge, die Glen bis dahin ausgemacht hatten. Die Angst war gewaltig. Es war nicht greifbar, Erinnerungen mit jemandem zu teilen, der sie nicht besaß.

Gerne blicke ich heute auf den Saint Mary's Park zurück, er schenkte mir lange Hoffnung auf Glens Genesung. Ich will solche Momente nicht vergessen. In all der Tragik des Ganzen wurde mir nach einer Weile klar, dass all das nicht gestorben ist. Es lebt so lange weiter, wie ich es tue. Eventuell sogar darüber hinaus.

Glen umarmt mich behutsam, fast so, als wäre ich aus Porzellan. „Du siehst gut aus", fügt er hinzu.

Ich lächle. „Du auch."

Schüchtern blickt er zur Seite. Meine Augen wandern nach oben, als ich bemerke, dass am Haus ein riesiges Willkommensplakat hängt. „Wow", starre ich beeindruckt darauf. „Ihr seid in Hochform", freue ich mich. „Ich bin froh, hier bei euch zu sein", halte ich mein großes Mundwerk zurück, das mich so oft vor meiner sensiblen Seite schützt.

„Wir sind froh, dich wieder bei uns zu haben", sagt Christin stolz. „Lasst uns in die Küche gehen, dann können wir ein bisschen quatschen, während wir kochen."

„Ich bezweifle, dass deine Künste besser sind als vor einem Jahr", provoziere ich.

„Ich hatte Zeit, zu üben."

„Ganze fünf Mal hätte ich fast die Feuerwehr gerufen", hebt Dina ihren Daumen nach oben.

Wir lachen.

Alle wiederzusehen, ist ein Gefühl, als wäre mein vergangenes Ich in den Augen der anderen noch da. Du erkennst es deutlich, fühlst es sogar, wie es einmal war. Das Emokind in Schuluniform. Jeder hat diese Erinnerung an mein früheres Selbst. In diesem Moment wird mir bewusst, dass ich nicht mehr die Person sein möchte, die vor einem Jahr ihren Weg vom Grab ihrer Eltern in die Klinik machte. Ein junges kaputtes Mädchen, das nur verstehen wollte, was passiert war. Ich bin immer noch die Person, die verstehen will. Kaputt, doch längst nicht mehr schwach.

„Du hast dich vorher sehr gefreut, Glen zu sehen, habe ich recht? Man hat es in deinen Augen gesehen", scherzt Dina, als wir einen ruhigen Moment im Badezimmer haben und die anderen in der Küche helfen. Typisch für das östrogenbelastete Geschlecht geht man für Gespräche dieser Kategorie auf das nicht so stille Örtchen.

Den ganzen Tag bis spät in den Abend hinein sitzen wir dann zusammen und erzählen von den Erlebnissen, die über das ganze Jahr passiert sind. Wir lachen und an der einen oder anderen Stelle fließen Tränen. Irgendwann wird es dunkel. Die Nacht begrüßt uns mild und sternenklar. Wir haben uns auf die Terrasse unseres Hauses gesetzt. Die Grillen zirpen nur so um die Wette. Bei jedem Windschlag fallen auch immer wieder Blätter zu Boden. Wir betrachten die Sterne und stoßen gemeinsam mit einer kühlen Flasche Corona an. So vergeht die Zeit. Die Uhr im Wohnzimmer schlägt Mitternacht. Einer nach dem anderen verabschiedet sich.

Der Erste ist Joe. „Ich muss los, meine Freundin wartet", erzählt er strahlend und zwinkert dabei.

Nur ein paar Minuten später, ist die Nächste, die geht, Dina. Die sich genervt von ihrem Platz auf der Hollywoodschaukel erhebt, da ihre Mom bereits zum dritten Mal ihr Handy terrorisiert. „Die Frau hat auch keine anderen Hobbys, als mich zu nerven", verabschiedet sie sich. Ich lache, eine mir fremde Zufriedenheit macht sich in mir breit. Vielleicht ist es aber auch nur das Bier.

Christin, Glen und ich bleiben noch eine Weile sitzen und genießen die Ruhe. „Das Beste geht bekanntlich zum Schluss", scherzt Glen, der nach einer Stunde seine Sachen zusammenpackt und zum Ausgang humpelt. Höflich begleite ich ihn zur Tür. „Es ist schön, dich zu sehen, Katie." Er umarmt mich herzlich.

Ich schließe dabei meine Augen. Es ist wunderschön, durch meinen ganzen Körper fließt seine Energie hindurch. Langsam lässt mich Glen los. Unheimlich, wie das Gefühl nachlässt, als wir uns trennen. Er geht hinaus. Kurz bevor ich die Tür schließe, aber ein großer Spalt offen ist, sage ich: „Es ist auch schön, dich zu sehen."

Glen blickt zurück. Die Atmosphäre zwischen ihm und mir ist, als würden wir uns nicht mit den Augen sehen. „Hättest du Lust, morgen früh eine Runde spazieren zu gehen?", platzt es etwas holprig aus ihm heraus.

„Ehm, klar, wieso nicht", antworte ich.

Glen nickt und geht weiter. „So um 9 Uhr?", ruft er noch.

„Ja!" Lächelnd drehe ich mich um und schließe die Tür. Seltsam, wie mein Herz sich auf einmal überschlägt. Ich trage Liebe für Joe ebenso wie für Christin und Dina im Herzen, doch meine Gefühle für Glen sind anders. Nicht stärker, aber anders. Nachdenklich laufe ich in die Küche zu Christin. Dort setze ich mich auf die Arbeitsfläche neben der Spülmaschine. Sie hat schon angefangen, das Geschirr einzuräumen.

„Was ist los?", blickt sie mir besorgt in die Augen.

„Nichts, alles gut."

„Bist du dir sicher?"

„Glen hat mich gefragt, ob wir morgen früh spazieren gehen wollen."

„Das ist doch schön", grinst sie.

„An sich ist es schön, da gebe ich dir recht." Ich zögere kurz, „Ich habe keine Gefühle für Glen, wie für jemanden, den man liebt oder so etwas. Aber es ist anders mit ihm", fallen die Worte wie Steine aus meinem Mund heraus.

„Du meinst, so wie für Drake", sagt sie ganz unbedacht.

Nach einer kurzen Pause fügt sie hinzu: „Tut, tut mir leid. Ich wollte … ich meine …“

„Schon okay“, ist meine kurze emotionslose Reaktion darauf.

Seit einer halben Ewigkeit ist dieser Name in unserem Zuhause nicht gefallen. Ihn zu vernehmen, lässt die Sonne verschwinden. Unsicherheit überschattet die Situation. „Ich geh nach draußen. Ein bisschen an die frische Luft“, sage ich und springe von der Arbeitsfläche. Christin nickt, sichtlich wünschend, sie könnte ihre Worte zurücksaugen. Am Eingang ziehe ich meine Schuhe an. Statt sie zu binden, stopfe ich die Schnürsenkel seitlich hinein. Mit der Vorkenntnis, sie werden wenige Meter nach Verlassen des Hauses, herausrutschen.

Es ist eine schöne Nacht. Eine dieser stillen Nächte, die ein gewisse Magie versprühen. In den meisten Häusern brennt noch Licht, in einem davon ist deutlich ein Streit zwischen einem Pärchen zu vernehmen. Zum Einzug hätte man ihnen Vorhänge schenken sollen. Etwas peinlich berührt laufe ich daran vorbei. Keine zehn Minuten entfernt davon, als ich gerade einen kleinen Stein vor mir her kicke, höre ich ein Rascheln hinter einem Gebüsch. Ich bleibe aufmerksam stehen. Da ist das Rascheln schon wieder. Direkt vor meinen Augen bewegt sich erneut etwas. Es ist so still in diesem Viertel, dass Geräusche wie diese sofort in den Mittelpunkt rücken. Mein Blick schweift nach rechts, dann nach links. Ich bin allein. Ich nähere mich den zitternden Blättern. Ein kleiner Adrenalinschub überwältigt mich.

Wieso ist man nur so neugierig? Der größte Widerspruch in solchen Situationen ist, dass der Mensch Angst hat vor dem Unbekannten, aber dennoch möglichst viel wissen will. Die Neugier überwiegt die Angst so gut wie immer. Neugier ist etwas Tückisches, ein Spiel mit dem Feuer. In Horrorfilmen werden meist zuerst die Wissbegierigsten umgebracht. Das scheint mir kein Zufall zu sein. So beuge ich mich dem Blätterstrauch in der ganzen Faszination entgegen, um einen Blick zu erhaschen. Meine Hand möchte die Sicht frei machen. Ich erschrecke, als das Rascheln lauter wird. Meine Beine machen einen Schritt zurück und ich stolpere über den von mir losgetretenem Stein. Perfekt lag er in der richtigen Position dafür.

„Super gemacht“, denke ich mir.

Fallschutz ist selbstverständlich nicht gegeben. Ich reibe mir das Steißbein. Dieses Opfer war zu groß, alles, was aus dem Naturgewölb krabbelt, ist eine Norwegische Waldkatze, die wohl gerade eine Maus gefangen hat. Stolz will sie das tote Tier nach Hause tragen. „Dieses elegante Erscheinungsbild passt nur zu einer Dame", denke ich mir. Mit ihren tiefgrünen Augen sieht sie mich an, als würde sie sagen wollen, wie blöd ich eigentlich bin, ihretwegen über einen Stein zu fallen. Der Kuscheltiger schleicht in Katzenmanier weiter. Ich grinse. Der Drang nach dem Unbekannten hatte mir Steine in den Weg gelegt.

Noch bevor ich aufstehen kann, kehrt das Erlebte wieder einmal in einem Flashback zurück. Alles verschwimmt miteinander. Die Straße ist so ruhig, wie damals, als ich vom Park nach Hause lief, um in meinem Bett zu schlafen. Um halb vier Uhr morgens. Als das Haus explodierte. Mein Haus. Christins Haus. Spikes Haus. Alles verbrannte nach einem einzigen Knall. Dinge, die meinen Eltern gehörten, Bilder, Kleidung, Vasen, einfach alles. Ich sehe es deutlich vor mir. Das Gefühl, als mich die Schallwelle zurückschleuderte, wird für einen Moment wieder real. Die Platzwunde am Kopf wieder spürbar. Ich fasse mir an die Stirn. Das stechend, betäubende Geräusch, das einen so lähmt, ist zurück. Ich stehe vom Boden auf. Als ich versuche, mit meinen weich gewordenen Beinen festen Asphalt unter mir zu fühlen, erhebe ich meinen Blick.

Da steht er vor mir. Drake. Seine Augen treffen meine, direkt und klar. Das ist seit Stunden das erste Mal, dass einer von beiden wieder auftaucht. Ein Stich ins Herz, der wehtut. Das wiederkehrende Schuldgefühl. Blut tropft auf den Boden. Ein zartes *Platsch … platsch*. In seiner Hand sehe ich ein Messer. *Platsch*, ein weiterer Tropfen fällt. Kurz kommt der Gedanke auf: „Er will mich umbringen." *Platsch*. In diesem Plan war er schon einen Schritt weiter. Das rote Leben entläuft mir. Er hat mich nicht verletzt, das war ich selbst. Es sind meine Hände, die in Blut getränkt sind. Ich halte die Tatwaffe. *Platsch, platsch*. Panisch möchte ich mir den roten Saft an meiner Jeansjacke abwischen.

„Es soll aufhören! Weg damit!", rufe ich. Als ob mein Hilferuf Gehör finden wird, ist in einem Wimpernschlag alles weg. So auch Drake. Ich drehe mich im Kreis, niemand ist zu sehen. Kein Mensch. Kein Blut. Kein schriller Ton. Kein Messer. Nur die Person, die mal wieder erdrückt wurde von ihren Gedanken. Ich halte inne. Schwitzend. Versuche, mich zu sammeln. Niedergeschlagen und erschöpft laufe ich zurück nach Hause.

Blickkontakt

Es ist noch mitten in der Nacht, als ich nicht mehr schlafen kann. Allerdings ist es das erste Mal, dass ich aufwache und nicht beten muss, dass alles nur ein schlechter Traum war. Verschlafen und mit zerzausten Haaren ziehe ich meine babyblauen Badeschlappen an. Mit noch schweren Beinen schlürfe ich durch das Haus. Keine unangenehmen Gerüche steigen mir in die Nase. Keine anderen Leute, die mich fragen, ob ich die eine sei. Kein Band am Handgelenk mehr. Dies schnitt ich mir vor dem Schlafengehen ab. Es belastete mich. Ich hing wohl zu meiner eigenen Überraschung mehr daran als gedacht. Ich zögerte ziemlich beim Durchtrennen. Schließlich war es ein Teil von mir geworden. Ein Kapitel in meinem Leben, das mir zeigte, dass, egal was passiert und wie kaputt man sich fühlt, man trotzdem noch da ist. Man jeden Morgen das Tageslicht erblickt. Ein sehr wertvoller Gedanke. Besonders deshalb musste es weg, die Bedeutung war zu groß. Es entfachte zum Glück ein kleines Leuchten am Boden. Die Umrisse werden wohl noch eine Weile zu sehen sein. Wie die Erinnerung mancher Ereignisse wird auch dieses Leuchten verblassen. Bleiben wird das Gefühl, dass das kleine Leuchten entfacht hat. Es erlischt niemals mehr. Niemals mehr. Das Strahlen des Mondes erhellt das modern eingerichtete Haus mit seinem haselnussfarbenen Parkettboden und seinen weißen Wänden. Ich schiebe die Terrassentür auf, um ein wenig von der frischen Brise aus Toms River hereinzulassen. Die Aussicht darauf ist wunderschön. Ein idyllischer Ort, der zu New Jersey gehört. Niemals hätte ich vor vier Jahren gedacht, dass ein Fleck wie dieser unsere Rettung sein wird. Die Gefahr, in New York zu bleiben, war zu groß. Auch das ständige Auflauern von Journalisten und Fotografen, die ständigen Fragen. Es war einfach unerträglich. Man ging damals davon aus, dass man uns verfolgen und versuchen würde, uns zu töten. Mia war diejenige, die uns hierherbrachte. Dafür sorgte, dass unser Schutz gewährleistet ist. Wir alle mussten gehen. Dina und ihre Mom. Joe und Glen, deren Eltern sowieso nicht in New York wohnen, gingen auch mit uns. Keiner hier kennt unsere Namen. Christin und ich heißen Nemo mit Nachnamen – falls uns jemand danach fragen sollte. „Emma Nemo", ist dann meine Antwort.

Gefragt hat bis jetzt zum Glück nur die nette ältere Frau, die mit ihrem Mann gegenüber wohnt. 50 Jahre sind sie verheiratet und noch so verliebt, als würden sie sich erst seit fünf Monaten kennen. Das hat sie uns gleich heute erzählt. Irgendwann und irgendwie hoffe ich auf so ein Leben. Ohne Reue und Schmerz. Da soll nur Liebe sein und Geborgenheit. Ein weiter Weg bis dahin.

Dieser Lebensabschnitt hier ist eine große Last, die auf unseren Schultern ruht. Blindes Vertrauen, das verlangt wird. Eine Probe für uns alle. Auch die anderen bekamen eine neue Identität. Allerdings dürfen wir uns diese nicht verraten. Zu hoch ist das Risiko bei einer Entführung, die anderen in Gefahr zu bringen. Mia meinte jedoch, dass wir auf Dauer hier nicht sicher sind und wir uns einen anderen schönen Fleck auf der Erde suchen sollten. „In Kuba soll es schön sein", sagte sie.

Trotz allem vermisse ich New York hin und wieder. Ich vermisse die Bronx. Das Heulen der Sirenen, wütende Taxifahrer, die keine Lust auf ihre Arbeit haben. Wobei ich glaube, wenn ich täglich so viele Menschen ertragen müsste, hätte ich das auch nicht. Ich sehne mich nach dem so typischen Smoke der Kanalisation, der aus den Gullydeckeln steigt. Ich vermisse hin und wieder mein altes Leben. So widersprüchlich sich das auch anhört. Menschen, die mich kaum kannten, haben so vieles aufgegeben. Für mich. Hin und wieder wird mir das bewusst, bis ich es erneut beiseiteschiebe. Auch wenn nicht alles gut war. Es sind die Kleinigkeiten. Das tägliche durch den Park Laufen mit Spike, selbst dem Geschichtsunterricht bei Mr. White trauere ich ein wenig nach.

Es ist faszinierend, wie sehr einem etwas fehlen kann, dass man zuvor ironischerweise als zuwider oder unnötig empfunden hat. Ist das die Logik der Menschen oder vielleicht das größte Dilemma?

Wieder muss ich mich daran erinnern, dass im Leben so gut wie alles aus einem Grund passiert, und ich mit fast schon zu viel Sicherheit sagen kann, dass ich gestern nicht mit allen an einem Tisch gesessen hätte, wenn auch nur eines dieser Ereignisse ein anderes Ende gefunden hätte. Seit ich wieder in Toms River bin, vergeht keine Stunde, in der ich mir nicht wünsche, in Big Apple zu sein. Wenigstens noch einmal. Ich schließe die Türe der Terrasse wieder und pflanze mich vor den Fernseher.

Ich sehe auf die Uhr, die Zeiger bewegen sich mit einer unnatürlichen Geschwindigkeit rückwärts. Merkwürdig. Ich starre einige Zeit auf das Fernsehprogramm und wechsle einige Male den Sender, als ich bei einem Nachrichtenbericht hängen bleibe.

„Dramatische Szenen spielten sich im Herzen der Freiheitsstatue ab. Es gibt mehrere Schwerverletzte, darunter auch ein getöteter junger Mann." Reflexartig schalte ich den Fernseher aus. Wieso wird dieser Bericht gezeigt? Ich habe Durst. Großen Durst. Nach dieser Stadt. Verstehen will das keiner. Ich stehe auf und hole aus dem Kühlschrank eine Wasserflasche heraus und trinke sie in einem Zug leer. Auf dem Etikett dieser steht: *Sie wollen das Gefühl von Freiheit erleben? Dann besichtigen Sie die Freiheitsstatue auf Liberty Island.* Die Flasche fällt zu Boden und ich kann nicht fassen, was ich soeben gelesen habe. Was passiert hier? Die Zeiger der Uhr bewegen sich immer schneller.

Christin sieht mich ebenso verwirrt an wie Dina. „Katie, geht es dir gut?", fragt Dina besorgt. Wie aus dem Nichts stehen sie neben mir. Die beiden sind sichtlich froh, nicht mehr in New York zu sein. Nur ein Atemzug später sitzen wir beim Mittagessen. Wir sitzen im Wohnzimmer am großen weißen Esstisch. Dinas Mom kommt vorbei. Sie sieht aus wie Dina, die eine Reise in der Zeit gemacht hat.

„Sei froh, Katie, dass wir aus diesem Labyrinth entfliehen konnten", tätschelt mir ihre Mom die Hand.

Jedes Mal, wenn ich darüber reden möchte, gehen alle auf den Abwehrmodus. Ich fühle mich seltsam, denn ich habe das Gefühl, darüber eigentlich noch nie gesprochen zu haben. Scheint wohl so, dass ich es gerade getan habe. Lediglich Glen geht es wie mir. Er legt seine Hand auf meine Schulter. Unbegreiflich, woher er ohne Vorwarnung kommt. Mir fällt auf, er humpelt gar nicht mehr, als er sich einen Moment später von seinem Platz erhebt und in die Küche geht.

„Lass uns doch hinfahren", nickt er motiviert.

Lange sehe ich ihn an. Dina und Christin sind verschwunden. Dinas Mom tätschelt mir erneut auf die Hand. Unmittelbar darauf steht sie auf und geht.

Eines Morgens wagen wir es. Glen und ich geben vor, wie jeden Morgen eine Runde spazieren zu gehen. Nehmen an der nächsten Haltestelle den Bus nach New York. Wieso halte ich uns nicht auf? Was tun wir hier? Der Bus fährt vor und wir steigen zügig ein. Nach dreieinhalb Stunden und einmal Umsteigen stehen wir in der Nähe des Times Squares, es ist überwältigend, nach all der Zeit wieder hier zu sein. Die Frage ist nur: Wieso sind wir hergekommen?

Wir laufen zwei Straßen weiter. Die Lichter sind hell und die Menschenmenge kaum zu überblicken. Ich lächle und kann mein Glück darüber nicht zurückhalten. Die Freude hält nicht lange an, denn als wir anfangen, die grellen Lichter des Times Squares wie einen Sonnenaufgang zu genießen, gehen diese urplötzlich aus. Es wird dunkel. Stockdunkel. Die Stadt, die niemals schläft, schließt ihre Augen für eine gefühlte Ewigkeit. Panik bricht aus, Menschen schreien, überrennen sich fast, als sie in jede erdenkliche Richtung fliehen. Wen überrascht das? Der Mensch ist ein Fluchttier. Eine Spezies, die alles für das Überleben machen würde. Selbst wenn es das Leben eines anderen kostet.

Auch Glen will diesen Ort verlassen, in seinem Gesicht spiegelt sich die Angst wider, die wir damals alle empfunden haben. Autos explodieren, Menschen bluten und im Augenblick fühle ich mich in die Vergangenheit zurückversetzt. Wie eine Version meines jugendlichen Ichs. Meine Haare schulterlang und pechschwarz. Ich trage meine alte Schuluniform.

„Katie, lass uns gehen!"

Ich denke gar nicht daran. Polizeisirenen ertönen. Der Helikopter kreist mit weißem Licht über dem Times Square. „Ich lauf nicht mehr weg, Glen. Das haben wir zu oft getan", sage ich mit dem Wissen, dass es nicht stimmt. Wir sind niemals geflüchtet.

„Katie!", schreit es von hinten.

Es ist Dina.

„Was machst du hier?", rufe ich.

Keine Antwort. Sie weint und kann sich kaum auf den Beinen halten. Ich will zu ihr. Ich will rennen. Helfen. Doch ich kann es nicht. Etwas daran scheint mich zu hindern. Brennend heiß fällt ein Auto vom Himmel und versperrt mir den Weg zu Dina und Glen. Meine Wenigkeit versucht, der Hitze auszuweichen. Als ich zwischen den

Funken das Gesicht erkenne. Diese abgrundtief dunklen Augen, die ich hinter den lodernden Flammen des Wagens sehe, sind Skips. Kein Blinzeln. Die pure Fixierung meiner Person. Er hasst mich. Er tut es aus der Tiefe seines Schmerzes. Er hält ein Foto von Rachel in der Hand, zerknüllt und etwas angekokelt. Skip läuft in meine Richtung. Durch die Flammen und die Karosserie hindurch – als wäre sein Körper nur Illusion. Regungslos stehe ich da. Ich kann nicht weg von hier. Er zieht die Waffe aus seiner Jacke. *Klick* macht es, Skip drückt ab. Ich bekomme keine Luft mehr. Der Druck des Geschoßes schwingt durch mich hindurch. Ich sinke zu Boden. Alles ist schwarz.

Wo bin ich? Mein Blick schweift durch den Raum. Bin ich tot? Es ist so finster, dass ich nichts erkennen kann. Ich höre Schritte, die lauter werden. Sie gehen von rechts nach links und ganz dicht neben mir scheinen sie stehen zu bleiben. Der Atem einer fremden Person, ich spüre ihn. Ganz nah an meinem Gesicht. Mein Herz rast, nie spürte ich die Angst so klar durch meinen Leib hindurch. Die Ohnmacht setzt ein. Diese Empfindung der Machtlosigkeit, nicht ein Körperteil mehr bewegen zu können.

Eine wütende Stimme erklingt. „Du!", schallt es von der einen Ecke in die andere. „Ja genau du, Katie! Du hast sie getötet! Mörder!"

Die Worte, sie fressen mich. Werden lebendig und krallen sich an meine Beine. Sie schlingen sich um den Hals und drücken zu. Ein helles Licht geht über mir an. Unaufhörlich fallen Briefe vom Himmel. Das Gewicht wird schwerer und schwerer. Ich versuche, zu schreien. Ich kann nicht. Der Sauerstoff wird knapp. Ich bin nicht bereit, zu sterben! Nicht heute! Betäubt von der Angst, verliere ich die Kontrolle über meinen Körper. „Es tut mir leid!!" Die Augen weit aufgerissen, ein letzter Atemzug.

Ich erwache.

Mit nassem Angstschweiß auf dem Dekolleté ringe ich nach Luft. „Verdammt. Oh mein Gott", flüstere ich. Erschöpft fällt mein Kopf auf das Kissen. Um 3:35 Uhr ist die Nacht für mich zu Ende. Die erste von eventuell noch vielen. Reflexartig stehe ich auf und laufe erneut zur Terrassentür, schiebe sie auf und lasse die milde Herbstbrise in meine Lunge eindringen. Als wäre all das echt gewesen, fällt das Atmen schwer. Mit feuerroten Augen laufe ich zum Kühlschrank, um mir eine

Tasse Kakao zu machen. Als ich die kalte Milch aus dem Kühlschrank holen will, erblicke ich auf dem Tresen der Küche eine Flasche Rum. Ein Geschenk der alten Turteltauben von gegenüber. Aus mir nicht bekannten Gründen lacht sie mir freundlich ins Gesicht. Ich hatte bislang nie den Drang nach Alkohol. Scheinbar stehe ich mehr auf bunte Pillen und Spritzen. Triebhaft greife ich nach der Flasche, betrachte sie eine Weile und öffne sie dann ohne jeglichen Anstand. Piraten haben auch nie aus dem Glas getrunken. Unter Rumexperten scheint dies eine gute Flasche zu sein. Was soll ich sagen, Kakao schmeckt deutlich besser. Diesem lieblichen Date sage ich ab und genieße meine heutige Nacht mit Rum und die romantische Aussicht auf den Fluss. Wo die Schiffe leise fahren und das Geplätscher des Wassers angenehm das Ufer streichelt. Alles in allem ein gelungenes Zusammenkommen. Nur ohne Flirt oder Sex im Anschluss. Könnte auf etwas Ernstes hindeuten. Wobei ich einen süßen Flirt immer sehr genieße. Ein Mittel, das vielen hilft, die Gefühle zu betäuben, scheint auch bei mir zu wirken.

„Mörder. Das bin ich nicht. Ich habe sie nicht getötet. Nein. Ich habe ihn getötet. Ja. Trotzdem bin ich kein Mörder. Nein", spricht der Alkohol aus mir. Dieses eintönige Selbstgespräch findet Anklang.

„Das glaube ich auch nicht", sagt Christin.

Ich drehe mich benebelt um. „Tut mir leid, wenn ich dich geweckt haben sollte."

„Hast du nicht. Kann ich?", fragt sie und setzt die Flasche an, als wäre es ein Becher Cola, den man sich im Drive-in einer Fast-Food-Kette gekauft hat. „Aber nicht, dass das zu unserer Gewohnheit wird", zwinkert Christin.

Ich schüttle den Kopf und kann mir ein verwegenes Grinsen nicht verkneifen. „Glaubst du, es ist meine Schuld?"

„Was genau sollte deine Schuld sein, Katie?"

„Das alles. Wir würden jetzt zu Hause sitzen. Mit Spike. Du hättest deinen Job noch und ich könnte schlafen oder mit Rachel unerlaubt auf einer Party sein. Ich würde sie besser kennen. Wir wären gute Freunde oder auch nicht. Vielleicht würden wir uns hassen. Wer weiß das schon. Drake wäre weiterhin ein Arschloch und würde in zwei verschieden Teichen schwimmen oder, schlimmer, in einem großen Ozean." Ich trinke. „Aber er würde leben", sage ich und nehme einen weiteren Schluck dieses grausamen Getränks.

„Und trotzdem wärst du von der Schule geflogen. Ohne jeglichen Respekt oder Anstand. Du wärst weiterhin diesen Weg gegangen. Du hättest dir deine Zukunft versaut. Ich wäre dir weiterhin keine gute Schwester gewesen. Wenn ich das gewesen wäre, hättest du mir von Anfang an von der Kette erzählt." Christin nimmt einen weiteren Tropfen.

„Du bist kein schlechter Mensch, Christin. Du wolltest mich beschützen. Sei nicht so streng mit dir."

„Du solltest deinen Rat eventuell selbst befolgen", schluckt sie schwerfällig. „Leg dich wieder hin, wenn du morgen früh fit für den Spaziergang sein möchtest." Sie greift nach der Flasche und stellt sie genau dorthin, wo ich den Flirt mit ihr begonnen habe. Dann verschwindet sie in ihrem Zimmer. Etwas angesäuselt beende ich meine Verabredung und lege mich zurück an den Ort der Alpträume.

Es ist Morgen. Die Zeit lässt sich nun mal nicht aufhalten. Geschlafen habe ich nach dem Ganzen nicht mehr. Man könnte sagen, es war mehr ein Dahinvegetieren, bis mein Wecker zu schreien begann.

Glen ist ein sehr pünktlicher Mensch, was mir bis zu diesem Morgen noch nie aufgefallen ist. Die Türe zu Christins Zimmer ist noch zu, als Glen und ich das Reihenhaus verlassen.

„Wie geht es dir, Katie?", fragt er.

„Ganz okay, schätze ich."

„Hört sich nicht so gut an, um ehrlich zu sein."

„Es ist alles nicht so einfach, weiß du."

„Ja, das stimmt", sagt er. Sein Gesicht verrät ihn.

„Wie geht es dir?"

„Es ist schwer, jeden Morgen aufzuwachen und diese Lücken nicht füllen zu können. Als hätte ich mir einen Teil meiner Erinnerung totgesoffen."

„Ja, das ist hart. Ich weiß, das hört sich komisch an, aber ich beneide dich dafür ein bisschen."

„Bist du irre? Wieso das denn?"

„Ich würde manchmal gerne etwas von alledem vergessen. Klar, ich versuche, die Dinge so zu nehmen, wie sie sind und das Ganze positiv zu sehen. Aber es gibt viele Situationen, da habe ich das Gefühl, den Verstand zu verlieren."

„Hast du dort nicht gelernt, damit umzugehen?"

„Das schon. Nur gibt es immer gute und schlechte Tage. Und einige Dinge verlassen einen nie." Als hätte ich nach ihnen gerufen, erscheinen Rachel und Drake in derselben Sekunde. Auf diese Begleiter kann ich an diesem sonnigen und windigen Morgen gut verzichten.

Wir laufen ein weites Stück. Entlang der Promenade mit Blick auf den Atlantik bleiben wir stehen. Der kühle Wind des Ozeans weht uns entgegen. Gerade diese Kälte gibt mir die Kraft, Rachel und Drake zur Seite zu schieben.

Glen spürt das. Aus irgendeinem Grund kann er es sehen. Den Gedanken, der durch meinen Kopf kreist. „Weißt du, Katie, ich habe Rachel gut gekannt. Sie war eine Person, die niemanden verurteilte. Sie wusste, dass jeder Mensch Fehler macht. Sie war nicht besonders nachtragend."

Glen und ich blicken uns tief in die Augen. Bei sehr wenigen Menschen, die man im Leben trifft, ist das mehr als ein peinliches Starren. Man sieht es sachlich. Pupille, Iris, hier und da eine dünne geplatzte Ader. Die allgemein biologischen Gegebenheiten. Bei einigen bestimmten Wesen ist es so, dass man keine Augen sieht. Nein. Ein ganzer Mensch offenbart sich durch sie. In seiner vollendeten Größe, Verletzbarkeit und Liebe. Glen sieht mich und ich sehe ihn. Wir fühlen uns auf einer Ebene verbunden, die nicht erklärbar ist. Für die keine Worte existieren. Wie überaus dankbar man dafür sein sollte, so einen Reichtum zu erleben. Wir haben uns ineinander verloren und in die Seele des anderen geschlichen. Auf magische Weise leuchten seine blaugrünen Augen so kräftig wie nie.

„Rachel ist es ja nicht allein. Auch geht es hier nicht um Drake allein."

„Nein", sagt er und küsst mich. Mein Herz schlägt einen deutlich spürbaren Schlag. Diese unbekannte strahlende Energie wird freigesetzt. Unaufhörlich breitet sie sich in meinem ganzen Körper aus. Etwas Schöneres gibt es wohl nicht. Seine Lippen weich und warm, sie schmiegen sich an meine. So schmeckt wohl der Himmel. Das ist wohl das Intimste, was ein Mensch tun kann. Ein Kuss. Sex ist einfach, das ist Durst, der gestillt werden will. Das Treffen von zwei Mündern ist mehr als Lust. Es ist das Verschmelzen zweier Personen in eine. Die Augen geschlossen, weil dieses Gefühl keine Bilder braucht. Die Erde wird verlassen, um zu einer Reise zu den Sternen aufzubrechen. Leicht wie Styropor fühle ich mich für den Moment. Es würde mich nicht überraschen, davon süchtig zu werden. Bei den meisten eine gern gesehene Sucht. Gerade als sich unsere Lippen trennen und aus einem Menschen wieder zwei werden, sagt er: „Es tut mir leid, meine Liebe." Seine Augen glitzern. Tränen fließen und seine Stimme bebt wie Espenlaub.

„Wofür entschuldigst du dich?"

„Hallo, Katie."

Ich höre das Klicken der Pistole. Die lodernden Flammen aus meinem Traum, die abgrundtief dunklen Augen, sie stehen mit einem Mal vor mir. „

Skip?", werfe ich ein. „Glen, was ist hier los?"

„Es tut mir leid. Ich hatte keine Wahl."

Dann knallt es laut und ich spüre einen schmerzhafteren Schlag auf meinen Hinterkopf. Das war es.

Durch eine hastige Bewegung komme ich zu mir. Immer wieder wackelt der ganze Raum. Es ist dunkel. Ich rieche Abgase. Die Luft ist stickig und das Gefühl wird stärker, dass diese mir bald ganz ausgehen wird. Die Möglichkeit, Arme und Beine zu bewegen, wurde mir genommen. Beim Versuch, mich hinzusetzen, stößt mein eh schon brummender Schädel auf ein Hindernis. Der Schalter im Kopf geht erneut aus.

Meine Wahrheit

Sonnenstrahlen, die mir in das Gesicht brennen, lassen mich aufwachen. „Katie?", rufe ich. Es ist das Erste, das mir gleich in den Sinn kommt. „Scheiße." Wieso passiert das alles nur? Was tue ich hier? Aber ich konnte nicht anders handeln, ich hatte keine Wahl. Voller Panik und Angst um Katie renne ich so gut und so schnell ich kann. Wenn ich nur körperlich nicht so eingeschränkt wäre. Es ist nicht meine Schuld. Nein. Ich versuche, mir gut zuzureden. Ich weiß, dass ich Katie verraten habe, ihr damit wehtue und somit mir selbst. Die Lunge raucht, als ich in die Straße zu Katies und Christins Haus abbiege. Was sage ich Christin? Die Wahrheit? Nein, wenn sie das weiß, bringt sie mich um. Ich zittere am ganzen Leib, als ich vor der Tür stehen bleibe. Vielleicht sollte ich nicht klingeln. Einfach verschwinden und nie wiederkommen. Jede erdenkliche Variante, was ich nun tun könnte, blitzt in meinem Kopf auf. Als ich gerade gehen will, öffnet Christin die Tür. In den Händen hält sie einen großen Müllbeutel. „Glen?", grinst sie. „Was ist los?" Ihre Augen wandern von oben nach unten. Dann blickt sie hin und her. „Wo ist Katie?", fragt sie.

Geschockt starre ich sie an.

„Wo ist Katie?", wiederholt sie.

„Ehm." Ich breche ich in Tränen aus.

„Glen, was ist passiert? Antworte! Wo ist Katie?!" Sie lässt den Sack aus ihren Händen fallen und packt mich an den Schultern. Christin zerrt mich ins Haus. „Okay. Setz dich. Und dann erzählst du mir, was passiert ist, ja?", versucht sie, ruhig zu bleiben.

Ich nicke.

Sie setzt sich mir gegenüber.

„Also, Katie und ich sind spazieren gegangen."

„Das weiß ich. Weiter."

„Wir sind an der Promenade entlang und haben uns dort an die Reling gestellt, um den Ozean zu betrachten. Als ich mich kurz wegdrehte, um meinen Schuh zuzubinden. Also nein, ich trag ja keine Schnürsenkel. Auf jeden Fall habe ich kurz in die andere Richtung gesehen wegen meines Schuhs ... und als ich mich wieder zu Katie drehen wollte, war sie weg. Plötzlich ... und ich habe keine Ahnung, wohin", sage ich.

„Was? Das ergibt keinen Sinn, Glen. Wo ist Katie hingegangen?"

„Ich weiß es nicht. Als ich wieder zu mir kam, war sie weg."

„Als du wieder zu dir kamst? Gerade hast du gemeint, du hast dich nur kurz weggedreht. Was soll das! Glen, was ist passiert?"

„Ich weiß es nicht."

„Das ist nicht witzig oder irgendein Spiel. Sag mir, wo sie ist, Glen!" Christin packt mich erneut und ich erkenne Angst in ihren Augen, die Pupillen weit und die Wimpern feucht. Dieser Zorn, dass sie wieder nicht auf Katie aufgepasst hat.

„Ich weiß es nicht, Christin! Ich weiß es nicht!"

Dann lässt sie mich los. Sie überlegt kurz. „Wir müssen alle hierherholen. Es scheint, als ob jemand uns verfolgt. Katie würde nicht einfach so verschwinden. Jedenfalls nicht mehr."

„Was soll ich tun?"

„Ruf die anderen an. Dina und Joe. Sie müssen auf der Stelle kommen. Ich ruf Mia an", sagt sie.

Innerhalb von ein paar Minuten sind Joe und Dina hier. Auch sie wollen wissen, was passiert ist. Ich war und bin kein guter Lügner, doch auch ihnen erzähle ich die gleiche Geschichte. Ich habe große Furcht davor, diesem Druck nicht standzuhalten. Joe ist schließlich mein Bruder und kennt mich besser als jeder andere. Er wird mich hassen für das, was ich getan habe. Alle werden das.

„Hat man dich k. o. geschlagen?", fragt er besorgt.

„Ja ich denke schon. Man, das ging alles so schnell", sage ich.

„Unfassbar. Aber dir geht es gut, oder?", fragt Dina.

„Ja, das schon", sage ich.

„Arme Katie. Ich hoffe, ihr geht es gut. Irgendwie mache ich mir immer gleich Vorwürfe, wenn etwas passiert", sagt Dina und wischt sich eine Träne von der Wange.

„Das brauchst du nicht, Dina. Das hat keiner ahnen können, dass das genau heute Morgen passiert", sagt Joe.

„Doch", denke ich mir.

Ich wusste es.

Schon länger, als es irgendjemand vermutet.

Christin kommt von ihrem Telefonat mit Mia zurück. Sie wirkt unglaublich angespannt. „Okay. Es wird ein Wagen vorbeikommen, der uns abholt. Mia ist der Ansicht, dass wir diesen Ort erst einmal für eine Weile verlassen sollten", sagt sie.

„Wohin bringen sie uns?", fragt Joe.

„Das weiß ich nicht genau. Aber ich vermute an einen Platz, der besser geschützt ist als dieser. Mia möchte mit uns allen reden."

„Mit uns allen?", frage ich.

„Ja. Sie will genau wissen, was passiert ist, um Katie so schnell wie möglich zu finden."

„Können wir sonst irgendwas tun?", fragt Dina.

„Im Moment nicht. Wir müssen abwarten. Auch wenn das schwer ist." Christin senkt den Kopf.

Als der dunkelblaue Van vorfährt, bekomme ich Herzrasen. Sie werden es herausfinden. Das sind Profis. Sie werden mich festnehmen und ins Gefängnis stecken, ist der erste von vielen Gedanken. Ich kann da nicht einsteigen.

„Glen was ist los? Komm schon, wir müssen gehen", fordert mich Christin auf.

Zögernd steige ich in den Wagen.

„Warte, Christin, was ist mit meiner Mom?", fragt Dina.

„Keine Sorge ein anderer Van holt sie ab und bringt sie zu uns", antwortet Christin.

Dunkel

Eiskaltes Wasser versetzt mich in einen Schockzustand, der mich aufwachen lässt. Ich spucke es direkt wieder aus. „Oh mein Gott! Was soll das?", huste ich.

Keine Antwort.

Während ich blinzle, um das kalte, brennende Wasser aus meinen Augen zu bekommen, realisiere ich, wo ich bin. Gefesselt auf einem billigen Discounterstuhl sitze ich in den Ruinen eines Kiosks. In den Regalen liegen noch einzelne Produkte herum und die Lampen sehen aus, als würden sie gleich von der Decke stürzen. Es riecht nach ausgelaufenem Benzin und Verbranntem.

„Skip?", rufe ich. „Skip? Wieso bin hier? Wo sind wir?"

Doch von Skip fehlt jede Spur. Es dauert einige Minuten, bis er aus seinem Versteck gekrochen kommt.

„Was soll das? Wo sind wir?", frage ich wütend.

Skip starrt mich an. Schwer atmend und kurz davor, sich selbst zu vergessen. „Du weißt es nicht, oder?"

„Was soll ich wissen?"

„Wo wir sind. Erkennst du es nicht wieder?"

Ich sehe mich um. Meiner Vermutung nach ist ein Nein nicht die Antwort, die er hören will. Also schweige ich.

„Erkennst du es nicht wieder, Katie?", wiederholt er. Skip schüttelt den Kopf, darauf folgt ein gehässiges Lachen. Ohne weiter zu überlegen, zückt er die Pistole und hält sie mir an die Stirn. „Ich könnte dich jetzt einfach so erschießen. Keiner würde es merken. Nicht mal einen kleinen Fetzen würde man von dir finden, wenn ich deine Leiche im Anschluss verbrennen würde. Glaubst du etwa, dein Schweigen bringt dich hier raus?"

„Was willst du von mir?", frage ich.

„Ich will, dass du dich erinnerst. An das, was du getan hast. An das, was du kaputt gemacht hast." Er läuft nervös hin und her. „Ich will, dass du den Schmerz spürst, den du mich hast spüren lassen." Er sieht in meinen Augen, dass ich nun weiß, wovon er redet, denn er sagt: „Sieht aus, als ob dein Kopf wieder weiß, worum es geht."

„Rachel", flüster ich. Mit einem Mal begreife ich auch, wo wir sind. „Die Tankstelle", wimmere ich.

„Von damals", ergänzt er. „Als wir vom Yankee Club nach Hause liefen. Zu deinem Haus. Genau", flüstert er.

Rachel hatte hier ihr Leben verloren. Durch Menschen, denen es egal war, wer sterben wird. Kaltblütig wurde sie erschossen. Der Moment, der für uns alle etwas änderte. Seit vier Jahren habe ich die Stadt gemieden, die Stadt, die niemals schläft. Jetzt bin ich hier. Gefangen.

„Wirst du mich jetzt auch erschießen? Hier? An diesem Ort? An dem du einfach verschwunden bist", frage ich.

„Nein, so einfach mache ich es dir nicht. Und hör auf zu heulen! Das kann man nicht mit ansehen", brüllt er.

Hinter Skip taucht sie auf. Rachel. Sie versteht es, immer den perfekten Augenblick zu erwischen. Ihre Augen sehen ihn an, dann blickt sie zu mir. Wie immer schweigend. Ich schüttle den Kopf,

„Wieso, verdammt noch mal, musstest du Glen da mit reinziehen? Der Unschuldigste von allen."

„Gerade deshalb. Keiner hätte ihm das zugetraut, nicht wahr? Überraschung!", grinst er.

„Das ist nicht fair, Skip."

„Fair? Du willst mir etwas von Fairness erzählen?"

„Du weißt es vielleicht nicht, aber Glen wäre fast gestorben. Er lag im Koma. Er weiß vieles nicht mehr."

„Ja, und wessen Schuld ist das? Deine, vermute ich. Ohne dich wäre das alles nicht passiert. Rachel wäre noch am Leben. Glen wäre noch der alte. Dina würde es auch besser gehen. Was mit dir passiert wäre, hätte keinen interessiert. Weil sich keiner um dich geschert hätte. Weil du nun Mal Abschaum bist."

Meine Augen wandern zu Rachel. Dann zu Skip. „Ich habe Rachel nicht erschossen, Skip", sage ich.

„Doch irgendwie schon", sagt er.

Ein Bach aus den Augenwinkeln läuft über meine Wangen. Ich nicke. Jeder einzelne Moment von damals rückt wieder ins Bewusstsein. Das Quietschen der Reifen, die Schüsse, die Zapfsäulen, die uns beinahe alle in den Tod gerissen hätten. Die Kette, die ich auf dem Dachboden fand. Ahnungslos darüber, was sie freisetzten würde.

„Weißt du, damit könntest du recht haben. Dass es allen besser gehen würde. Aber ich kann die Zeit nicht zurückdrehen. Ich bin schuld, ist klar. Aber ich bin nicht diejenige gewesen, die verschwunden ist, als es schwer wurde. Die sich einen Dreck um die anderen gekümmert hat. Nein. Ich bin diejenige gewesen, die zu Rachel zurückgerannt ist. Die Rachel auf ihrem Schoß hatte. Von ihrem Blut überströmt. Ich habe versucht, noch etwas zu retten. Die ganze Zeit über. Völlig egal, was es mich gekostet hat. Und wo warst du?“, frage ich.

„Lass das! Du redest mir kein schlechtes Gewissen ein“, meint er energisch. Hastig bewegt er sich hin und her. Bis er letztendlich ausholt und zuschlägt.

Die Wahrheit ist ein einfach gestrickter Freund und dennoch der wohl komplexeste. Denn für die zählt nur die Wirklichkeit, die harte Realität. Manchmal kann es wehtun, manchmal aber genau dadurch alles leichter machen. Das Problem daran ist, die Wahrheit hat viele Wirklichkeiten. Es kommt auf die Perspektive an – und trotzdem ist keine davon gelogen, sondern ehrlich.

Meine Wahrheit

Am frühen Mittag kommen wir im Versteck des FBI an. Dort werden wir gleich von Mia und ihren Kollegen begrüßt. „Guten Morgen, alle zusammen. Wäre schön gewesen, diese Versammlung aus einem fröhlicheren Anlass zu organisieren, aber sei es drum. Folgt mir bitte", sagt Mia.

„Danke, dass du so schnell reagiert hast", antwortet Christin.

„Aber natürlich. Schließlich geht es hier um …" Mia blickt uns alle an. „Um eine Personengefährdung, die unter die Nationale Sicherheit fällt", räuspert sich die Direktorin des FBI.

„Fühlt sich wie ein Déjà-vu an, hier zu sein", wirft Joe ein.

„Allerdings", sagt Dina.

„Da spürt man wieder jede Verletzung von damals", kommentiert Joe. Die beiden sehen sich an. Auf eine Art und Weise, wie es nur diese beiden können. Es scheint ihnen jeder Kampf, den sie mit Katie überstanden haben, durch den Kopf zu gehen.

Dinge, von denen sie mir nichts erzählt haben. Schmerzhafte Gedanken. Ich werde immer nervöser und es fällt mir schwer, dies nicht zu zeigen. „Werden sie Katie finden?", frage ich.

„Sie werden ihr Bestes geben", sagt Christin.

„Gut, ich möchte jetzt, dass jeder von euch in einen dieser Befragungsräume geht. Auch wenn ich euch vertraue, muss ich meinen Job erledigen."

„Wie jetzt? Jeder einzeln in einen Raum? Das ist doch überhaupt nicht nötig."

„Wenn es dabei hilft, Katie zu finden, ist es notwendig, Glen", meint Dina.

„Das sind doch nur ein paar Routinefragen. Nichts Dramatisches", wirft Christin ein.

„Mr. Blair, haben Sie ein Problem damit?", fragt Mia.

„Nein, ganz und gar nicht. Katie soll nur so schnell wie möglich gefunden werden", antworte ich. Ich muss Zeit schinden. Skip so viel wie möglich davon verschaffen. Doch wie? Ich halte diesen Druck nicht aus und dazu dieses schlechte Gewissen. Es fühlt sie wie eine Ewigkeit an, bis Mia und einer ihrer Kollegen in den Verhörsaal kommen. Es ist so weit. Jetzt muss ich lügen wie am Fließband. Ich will nicht ins Gefängnis, aber ich will auch nicht, dass Katie oder den anderen etwas passiert. Skip wird Katie nichts tun, das hat er mir versprochen.

„Mr. Blair, Sie waren heute Morgen mit Ms. Smith verabredet. Ist das richtig?", fragt der Beamte.

„Ja, das ist richtig. Wir sind durch das Viertel spazieren gegangen."

„Um wie viel Uhr war das?"

„Das war um neun Uhr. Ungefähr."

„Gab es einen bestimmten Grund, wieso Sie sich so früh mit ihr treffen wollten?"

„Nein. Ich dachte nur, dass es doch am Morgen in der Sonne schön ist."

„Haben Sie irgendwelche Auffälligkeiten bemerkt, als Sie so durch das Viertel liefen?", fragt jetzt Mia ganz förmlich.

„Nein. Es war alles sehr ruhig und es sind uns nur sehr wenig Menschen begegnet."

„Was ist passiert, als Sie am Ufer standen? Sie haben sich den Ozean angesehen, korrekt?"

„Ja, das haben wir. Es ging sehr schnell. Ich weiß nicht mehr genau. Plötzlich stand da eine Person."

„Ms. Smith meinte, Sie hätten sehr verwirrt vor ihrer Tür gestanden und konnten nicht mehr genau sagen, was passiert ist. Sie sagte, Sie hätten sich die Schuhe zugebunden und dann sei Katie plötzlich verschwunden gewesen. Dann haben Sie behauptet, dass Sie niedergeschlagen wurden und als sie aufwachten, wäre Katie nicht mehr da gewesen."

„Ja, das ist richtig", stimme ich nervös zu. Ich wippe mit dem Fuß und fange an, mit der Hand meinen Arm zu streicheln.

„Mir scheint, Mr. Blair, dass Sie sich selbst nicht ganz im Klaren sind, was vorgefallen ist."

„Wie gesagt, es ging alles sehr schnell."

„Ihre Unsicherheit ist mehr als verständlich. Aber bitte versuchen Sie, sich zu erinnern. Jeder Hinweis könnte Katie wiederbringen", antwortet Mia. „Sie sagten, dass plötzlich eine Person bei Ihnen stand. Beschreiben Sie: Was hat die Person gemacht? Wie sah sie aus?"

Ich zögere. „Die Person hat uns mit einer Waffe bedroht und dann … dann ging bei mir der Schalter aus."

„Hat die Person etwas gesagt?"

„Nein. Jedenfalls nicht, solange ich wach war."

„Wie sah die Person aus, Glen?" Mia wirkt aufgebracht.

Ich glaube, sie ahnt etwas. Sie wird lauter und steht von ihrem Platz auf. „Die Person war groß, kurze Haare … ehm … trug einen roten Kapuzenpulli. Mehr weiß ich nicht."

Mias Augen werden größer. Der Rest ihres Gesichtes ist nichtssagend. So lernt man das wohl beim FBI. „Okay, Glen, danke. Das reicht fürs Erste. Du kannst dich mit den anderen im Aufenthaltsraum treffen."

Wir alle stehen auf und verlassen den Raum. Mia und ihr Kollege gehen in den Computerraum, während ich noch zögernd im Flur verharre. Ich tue so, als ob ich zur Toilette gehe, und bleibe dort ein paar Minuten. Setze mich auf die Brille und versuche, mir zu überlegen, wie ich hier rauskomme. Als ich diesen Ort ohne Plan verlasse, begegnen mir die anderen.

„Hey, wo warst du denn?", fragt Christin.

„Ich musste mal", sage ich.

„Komm mit, Mia möchte uns etwas zeigen."

In einem Besprechungsraum des FBI nehmen wir Platz. „Wir haben so schnell wie möglich die Visibilität überprüft. Hier waren besonders Glens Hinweise entscheidend." Mia zeigt auf mich.

„Gute Arbeit, Glen", sagt Joe stolz.

Ich schmunzle ungläubig.

„Es gibt in diesem Fall zwei Verdächtige. Zu einen Albert Carter", wirft Mias Kollege ein Bild von Albert an die Wand. Zu Gesicht bekommen wir einen verbrauchten Mann in seinen Sechzigern. Sein graues, lichtes Haar verdeckt nur noch den halben Kopf. Deutlich darauf zu erkennen sind seine Altersflecken, die durch seine Stirnfalten noch besser zur Geltung kommen. Er hat eine breite Narbe unter dem linken Auge. Diese hat er erst seit dem Kampf mit Katie, wie Christin mit stolzem Unterton berichtet.

„Ein Aussätziger?", fragt Dina.

„Aber alle Aussätzige haben lebenslänglich bekommen. Das ist doch eher unwahrscheinlich“, sagt Christin.

„Ja, dass Albert Carter es selbst getan hat, ist es. Doch dieser verrückt gewordene Wissenschaftler steht seit Längerem unter Beobachtung. Er soll Verbindungen vom Gefängnis nach außen haben.“

„Wieso dann warten? Man sollte ihn in Einzelhaft stecken. So einer sollte nicht mal die Chance bekommen, nur beobachtet zu werden“, sage ich.

„Das wäre schön. Doch leider ist das nicht so einfach, Glen“, antwortet Mia.

„Das stimmt. Es gibt Richtlinien und Bestimmungen, an die man sich halten muss“, meint Christin.

„Ich bin Glens Meinung. Die sind doch alle verrückt“, erwidert Joe.

„Wir haben ihn auf jeden Fall auf dem Radar und dort verschwindet er auch nicht mehr so schnell. Zudem gibt es noch eine andere Person, die hier Anhaltspunkte für eine solche Tat zeigt.“

„Da bin ich mal gespannt“, meint Dina.

Der FBI Beamte lässt ein Bild auf der Leinwand erscheinen, dass nicht nur bei mir einen Schock auslöst. Es ist das Bild von Skips Vermisstenanzeige. Auf einmal herrscht Stille. Deutlich spürbar ist das besonders für Dina und mich.

„Wie kommen Sie auf Skip? Er wird seit dem Tag, an dem Rachel starb, vermisst“, so Dina.

„Das ist korrekt. Von Skip Martin fehlt seitdem jede Spur. Und genau das ist der Punkt. Seit dieser Zeit ist ein kleines Team akribisch auf der Suche nach ihm.“

„Das ist doch Schwachsinn. Wir wissen doch gar nicht, ob er überhaupt noch lebt.“ Ich hoffe, ich kann Mia und die anderen davon überzeugen.

„Das dachten wir auch. Doch es gibt keine Indizien dafür, dass Skip ermordet wurde. Auch im Umkreis seiner Familie gibt es darauf keine Hinweise. Es scheint uns, als ob er ganz bewusst untergetaucht ist. Die Frage ist nur, wieso? Wir erwarten in Kürze Antworten. Mal sehen, ob etwas Brauchbares dabei ist.“

„Ich brauch frische Luft“, flüstere ich Christin zu.

„Ist alles okay?“

„Nein. Ich glaube, das war heute etwas viel für mich.“

„Mia, können wir eine Pause machen?", fragt Christin besorgt.

„Natürlich. Sobald es etwas Neues gibt, werden wir euch informieren. Mein Kollege Lucas wird euch eure Zimmer zeigen. In diesen Räumen werdet ihr die nächsten Tage wohnen, bis dieser ganze Aufruhr hoffentlich vorbei ist."

Bevor ich aus der Tür marschiere, drehe ich mich um. Mia sieht mich an. Das Gefühl, das Ms. Thomas mich im Visier hat, nimmt zu. Sie hat nichts gegen mich in der Hand, nur die Tatsache, dass ich der Letzte bin, der Katie gesehen hat. Das wird nicht reichen. Ab jetzt muss ich schweigen, sonst war alles umsonst.

Dunkel

Erneut holt er aus. Ein weiterer Schlag ins Gesicht. Meine Lippe brennt. Der bittersüße Geschmack von Blut sammelt sich auf der Zunge. Die Ohren pfeifen. So muss sich ein Boxer fühlen.

„Wieso? Wieso denkst du, dass es noch was ändern wird, wenn du mich hier quälst“, flüstere ich benommen.

„Ich will das, was mir zusteht.“

„Eine Therapie? Die würdest du ohne Probleme bekommen.“

Auf freche Antworten steht er nicht sonderlich. Wie eine Welle, die man nicht erwartet hat, überschüttet er mich mit Wasser. „Verdammt!“ Er wirft einen Eimer durch den Raum. „Wieso, bringst du mich dazu? Ich bin kein schlechter Mensch, okay? Nur deinetwegen bin ich so.“ Er kommt immer näher, bis sein Gesicht direkt vor meinem ist. Verschwitzt und nervös wie bei einem Junkie auf Entzug wandern seine Augen hin und her. „Noch ... noch kann ich dich nicht erschießen. Ich muss nur warten, bis sie aufgeben, nach dir zu suchen. Vielleicht dauert das eine Woche, vielleicht aber auch ein Jahr. Wer weiß das schon. Aber der Zeitpunkt wird kommen, an dem dein lebloser Körper hier oder sonst wo verrottet. Wenn sie dich dann irgendwann finden, bist du schon längst tot. Besonders Christin wird es wehtun. So wie mir damals.“

Als der Name meiner Schwester fällt, verliere ich mich selbst. Es gibt einen dumpfen Schlag, als ich mit meinem Kopf gegen seinen boxe. Skip fällt zu Boden, der Stuhl kippt um und mein Körper landet ungebremst in einem der Regale. Das gibt einige blaue Flecken und ein schönes Veilchen am Auge. Mit schmerzverzerrtem Gesicht warte ich auf seine Reaktion. Doch Skip bewegt sich kein Stück. Er blutet am Kopf. Scheint bewusstlos zu sein. Auch er hat wohl einen Teil eines Regals zu spüren bekommen.

Ich sehe sein Handy auf dem Boden liegen. Eines dieser unzerstörbaren. Gefesselt und benommen von all dem Schmerz der Blessuren ist der Glaube, daran zu kommen, ebenso groß wie die Vorstellung des Weltfriedens. Gerade als ich mir bildlich vor Augen führe, wie es wohl wäre, jemanden damit zu erreichen, klingelt das Teil. Erschrocken rühre ich mich nicht. Wie ein Käfer, der nicht gefressen werden will. Wenn Skip jetzt aufwacht, bin ich tot. Wenn ich allerdings an das Handy komme, bevor er es tut, lebe ich vielleicht etwas länger. Mit meinem ganzen Gewicht versuche ich, den Stuhl in Bewegung zu bringen. Stück für Stück wird der Abstand kleiner und der Herzschlag intensiver.

„Bitte, bitte, lass mich hinkommen", flüstere ich. Nach elendig langer Zeit ist der Silberstreifen am Horizont in greifbare Reichweite gerückt. Mit meiner Nase versuche ich, den Anruf entgegenzunehmen. Bis ich am anderen Ende ein leises: „Hallo?", höre.

„Hallo. Hören Sie mich", versuche ich leise und doch deutlich zu antworten.

„Hallo?", wiederholt eine männliche Stimme.

„Ja, hallo, hören Sie mich?", werde ich lauter.

„Wer ist denn da?", fragt die Stimme.

„Hier ist Katie Smith …" Noch ehe ich den Satz beenden kann, spüre ich zwei Augen, die mir im Nacken hängen. Vor wenigen Minuten lag er noch regungslos da, nun ist er wach. Benommen steht er auf. Hält sich dabei fest und versucht, zu verstehen, was los ist. „Ich blute", sind seine ersten Worte. „Was tust du da? Du Biest", grinst er. Dann geht er ans Telefon. „Hallo? Ach, du bist es. Bist du verrückt! Es ist viel zu gefährlich, dass du anrufst." Er hört aufmerksam zu bei dem, was die Person am anderen Ende zu sagen hat. Dann sieht Skip mich an. „Halt einfach den Mund! Du Penner versaust sonst noch alles."

Als ich diesen Satz höre, weiß ich, mit wem er da redet. Das ist meine Chance. „Glen! Glen! Hörst du mich! Hörst du!", schreie ich.

„Halt die Schnauze Katie!" Skip hält das Handy zu.

Ich denke nicht daran. „Glen! Hilf mir! Hilfe! Glen!"

„Glen, du legst jetzt auf und wirfst dein Handy weg, sonst orten die uns noch", sagt Skip und legt auf. „So etwas passiert mir nicht noch mal, Katie." Er schmeißt das Teil auf den Boden und drück mit der Knarre zweimal ab.

Ich sehe, wie meine letzte Hoffnung durchlöchert am Boden liegt. Skip packt meinen Stuhl und setzt mich wieder in eine aufrechte Position. „Oh, was haben wir denn da?“ Er betrachtet mein Veilchen. „Das kommt davon“, sagt er. Ich schweige. Über Stunden hinweg gebe ich nichts mehr von mir. Ich lasse alles über mich ergehen. Irgendwie wird es dunkel. Ein Tag scheint überstanden zu sein.

Meine Wahrheit

Mein Herz bleibt für einen Moment stehen, als ich Katies Stimme höre. Es ist wie ein Schlag in die Nieren. Sie weiß, dass ich es bin, der mit Skip telefoniert, und ich bin mir nicht mehr sicher, ob er sein Versprechen halten wird. Katie hörte sich nicht gut an. Aber was soll ich tun? Es liegt nicht in meiner Macht. Das Handy soll verschwinden. Doch wohin, ohne dass es jemand merkt. Ich kann nicht mehr klar denken. Das ist einfach alles zu viel. Ich bin nicht schuld an alledem. Skip ist es. Also soll er doch dafür bestraft werden und nicht ich. Ohne weiter nachzudenken, schlage ich das Telefon mutwillig immer wieder gegen das Waschbecken, bis es schließlich kaputt ist. Dann versuche ich, es im Klo hinunterzuspülen. Die dümmste Idee überhaupt. Es bleibt stecken. Was tue ich hier nur? Die werden es eh schon geortet haben. Ich kann nicht bleiben. Wenn sie das auch noch sehen, dann bin ich dran.

Hektisch öffne ich die Toilettentür.

„Hey, du Spinner, ich habe dich schon überall gesucht“, kommt mir Joe lächelnd entgegen. Das Lächeln verschwindet, als er mir tief in die Augen sieht. Brüder müssen nicht sprechen, um festzustellen, dass etwas nicht stimmt. Das fühlt man. Und er spürt es genau. Er sieht mich an wie damals, als ich Moms teure Porzellanfiguren kaputt gemacht habe. Ich wünschte, es ging jetzt nur darum, und ich könnte all meine Fehler wieder zusammenkleben.

„Was hast du gemacht, Glen?“, fragt er. Sein Blick wandert in Richtung der Toilette.

Kein einziges Wort kommt mir über die Lippen. Er betritt den Raum. Als er das Handy sieht, halte ich es nicht mehr aus. „Nein“, flüstere ich und sprinte davon. Ich renne die Flure bis zum Ausgang entlang.

„Glen?“, höre ich Joe.

Ich kann es nicht mehr aufrechterhalten. Ich stolpere über mein kaputtes Bein und falle direkt auf das Gesicht. Unbeirrt davon erhebe ich mich und höre, wie Joes Schritte lauter werden. Wie in einer Sackgasse gefangen, sehe ich das Leuchten grüne Schild des Notausganges.

„Ach Scheiß drauf!", spreche ich meine Gedanken aus. Nichts, was mir etwas bedeutet, kann ich noch verlieren. Der Alarm geht los. Ich weiß nun, dass ich nicht zurückkehren kann.

An der frischen Luft verschaffe ich mir Orientierung.

„Glen!", ruft Joe nach mir.

Durch den von mir ausgelösten Alarm verlassen alle das Gebäude. Auch Christin und Dina sehen, dass ich an ihnen vorbeirenne.

Ziellos geht es weiter. Meine Beine tragen mich den gesamten Weg, bis ich an einen Schrottplatz komme. Hier könnte ich mich verstecken. Ich zerre und reiße, doch das Absperrgitter ist mit einer Kette fest verschlossen. Ganz wahrhaben will ich das nicht. Also trete ich dagegen, ich weiß nicht, wohin ich soll. Im Augenwinkel erfasse ich Joe, wie er versucht, mich einzuholen.

„Glen! Bleib stehen!", ruft er immer wieder.

Der Schmerz, meinen Bruder und alle anderen hintergangen zu haben, ist zu groß. Vielleicht bin ich am meisten von mir selbst enttäuscht. „Ihr bekommt mich nicht!", brülle ich.

Christin und Dina sind dicht hinter Joe. „Joe, was ist los?", brüllt Christin. Abgelenkt und fokussiert auf mich, antwortet er nicht. So weit ich kann, laufe ich davon. Entlang des Zaunes. Ich werde nicht für Skips Fehler bezahlen. Ich blicke hinter mich, unvorsichtig stolpere ich über ein altes Lenkrad, das im hohen Gras nicht zu sehen war. Dabei schlage ich mir das Knie auf. Schmerzverzerrt will ich nicht aufgeben. Aufstehen und weiterlaufen ist mein Vorhaben. Wenn es sein muss, bis zur Erschöpfung.

„Schluss damit", ertönt eine helle Stimme.

Ich blicke auf. Mia ist es, die vor mir steht. Die Pistole auf mich gerichtet. Mein Bruder und die anderen kommen dazu.

„Mia! Stopp! Was wollt ihr von Glen?", fragt Christin schwer atmend.

Zögernd versucht Mia, eine passende Antwort zu finden. „Wir konnten ein wichtiges Telefonat abhören, das aus unserem Quartier getätigt wurde", sagt sie.

„Was soll das heißen?", fragt Dina.

„Hände auf den Rücken", befiehlt mir ein Agent und die Handschellen klicken.

Verwirrung, die deutlich spürbar ist. Keiner versteht so ganz, was Sache ist. Bis auf Christin, die nun sehr genau begreift, was passiert ist. „Was hast du getan?"Sie packt mich am Kragen. „Du bist ein dreckiger Lügner!"

Der Versuch eines Agenten, sie zu beruhigen, geht daneben. Noch bevor sie zuschlagen kann, hält Joe sie zurück, „Christin, nein! Hör auf damit!"

Dann werde ich abgeführt. Fassungslos starren mich alle an.

„Wieso Glen?", höre ich Dina sagen.

„Ich bin nicht schuld. Bitte glaubt mir. Ihr habt den Falschen."

„Kopf runter", befiehlt der Agent und setzt mich in das Auto. Nur Sekunden später fahren wir los. So wie es scheint, werde ich die Nacht in einer extra Unterkunft verbringen.

Zwiespalt

„Wieso hat er das getan, Joe?" Christin dreht ihm den Kopf zu.

„Keine Ahnung. Ich verstehe es selbst nicht, okay."

„Ich will deinen Bruder nie wiedersehen. Verstehst du mich?", droht Christin unter Tränen und zeigt mit dem Finger auf Joe.

„Halt, das geht doch alles etwas zu weit. Wir wissen doch noch gar nichts", meint Dina.

„Er ist schuld, dass Katie entführt wurde. Er steckt mit Skip unter einer Decke. Katie hat immer nur das Beste für alle gewollt und sich dafür selbst umso mehr verloren. Und was ist der Dank dafür? DAS Dina, DAS geht zu weit", sagt Christin.

„Katie hätte das so aber dennoch nicht gewollt", erwidert Dina.

„Hör auf, über sie zu reden, als wäre sie bereits tot! Das ist sie nicht. Ich bete für Glen, dass er auch dafür sorgt, dass das nicht passiert. Sonst hat er einen neuen Feind."

„Er ist mein Bruder. Völlig egal, wie tief er da mit drinsteckt, ich werde nicht zulassen, dass ihm etwas zustößt."

„Dann sorg dafür, dass er es richtet. Sie ist meine Schwester. Sie ist alles, was ich noch habe", beendet Christin das Gespräch und geht zurück in das Quartier.

Ratlos stehen Dina und Joe am Rand des Zaunes.

„Verdammte Scheiße! Sie, hat ja recht. Was hat er sich nur gedacht?" Joe tritt gegen eine Dose. „Es ist aber keine Lösung, jetzt aufeinander loszugehen, Joe. Ihr seid beide nicht schuld. Glen muss Klarheit schaffen", argumentiert Dina vernünftig. Ohne sich darauf einzulassen, geht Joe ebenfalls. „Joe? Joe!" Dina verdreht die Augen. „Bitte bring sie wieder", flüstert sie und geht Joe hinterher.

In der neuen Unterkunft angekommen, werde ich direkt in den Verhörraum gebracht. Mir wird gleich deutlich vor Augen geführt, wie ein Täter hier behandelt wird.

„So, Glen, pack aus. Keine Spielchen! Lass nichts aus, sonst wirst du uns anders kennenlernen", droht Mia.

Kreidebleich und mit zittrigen Händen höre ich das Klirren der Fessel. „Es war, kurz nachdem ich aus dem Krankenhaus entlassen worden bin. Etwa ein Jahr vor der Gerichtsverhandlung." Meine Stimme bebt. „Ich bekam eine E-Mail. Jemand hatte mir ein Bild geschickt von Rachels Grab. Ich habe das erst für einen schlechten Scherz gehalten und auch Joe meinte, dass das bestimmt wieder nur ein Journalist sei, der mehr über uns wissen wolle."

„Joe wusste davon?"

„Nur von dieser Mail. Von anderen habe ich ihm nichts mehr erzählt."

„Ja, und weiter?"

„Daraufhin bekam ich jeden Tag eine neue E-Mail. Mit Bildern von Dina, die so wirkten, als hätte man sie beobachtet. Das Gleiche dann von Joe und von Christin. Und dann schließlich von mir selbst", wimmere ich. „Ich habe versucht, diese Nachrichten zu blockieren, doch es ging nicht. Ich habe es wirklich versucht! Ich dachte, ich verliere den Verstand. Schließlich war ich zu der Zeit selbst in Therapie. Eines Tages bekam ich dann einen Anruf von einer unterdrückten Nummer. Ich ging nicht ran. Die Anrufe hörten nicht auf und die Nachrichten auch nicht. Das alles machte mich wahnsinnig. Nur wenn ich allein war, klingelte das Handy. Irgendwann bin ich rangegangen. Ich erkannte die Stimme sofort."

„Skip hatte dich angerufen. Die E-Mails waren ein Druckmittel, um dich einzuschüchtern. Um dich zu brechen. Das hat er dann wohl auch geschafft", meint Mia.

„Ja, das hat er, okay! Skip wollte sich mit mir treffen."

„Wo war das?"

„Das war, als Joe und ich nach Springfield gefahren sind, um unsere Eltern zu besuchen. Wir haben uns in einem kleinen Supermarkt getroffen."

„Und niemand hatte das mitbekommen?"

„Nein, meine Mom schickte mich in den Supermarkt zum Einkaufen, dort habe ich mich dann mit ihm getroffen. Er meinte, wenn ihm nicht helfen würde, dann ..." Ich kann den Satz nicht beenden.

„Ich verstehe", sagt Mia.

„Er gab mir eines dieser alten Nokia-Handys und meinte zu mir, dass ich mit diesem nur anrufen soll, wenn der Plan in Gefahr sei.“

„Das heißt, ihr hab von diesem Augenblick an nur darüber kommuniziert?“, will Mia wissen.

Ich zögere. „Ja, er hat mir Anweisungen über dieses Handy geschickt.“

„Meinst du das hier?“ Mia legt die Überreste des Mobiltelefons auf den Tisch. In diesem Moment wird mir klar, die Kontrolle über alles schon längst verloren zu haben. „Was habe ich getan?“ Meine Augen füllen sich mit Tränen. „Ich wollte das alles nicht. Verstehst du, Mia? Ich hatte Angst, Menschen, die mir etwas bedeuten, zu verlieren, verstehst du. Meinen Bruder, meine Eltern. Es ist Skips Schuld, nicht meine.“

„Interessant. Wie einen die Angst, etwas Wertvolles zu verlieren, dazu treibt, das, was man am meisten liebt, dafür opfern. Findest du nicht?“ Ein Satz, der sich anfühlt, als hätte sie mir eine Kugel ins Herz gejagt. Mein Leben hat für einen Moment haltgemacht. Es war still für ein paar Sekundenschläge. So muss es sich anfühlen, wenn man zugrunde geht.

„Was für Anweisungen waren das?“, fragt Mia weiter.

„Dass ich Nähe zu Katies gewinnen sollte. Noch vor der Verhandlung. Es schaffen musste, dass sie allein mit mir Zeit verbringt. Auch nach der Zeit in der Klinik sollte das so sein.“

„Wo ist Katie jetzt?“

Ich schweige.

„Glen!“ Mia erhebt ihre Stimme und haut mit ihrer Hand auf den Tisch. „In wenigen Stunden, wenn nicht sogar Minuten, könnte Katie tot sein. Willst du das?“

„Natürlich nicht! Er hat versprochen, ihr nichts anzutun.“

„Dann würde ich dir raten, den Mund aufzumachen! Oder glaubst du etwa, Skip möchte einen Mitternachtsumtrunk mit ihr veranstalten?“

„Sie sind in New York.“

Erwartungsvolles Schweigen liegt im Raum.

„Mehr weiß ich auch nicht.“

„Gibt’s es einen Anhaltspunkt, wo genau er mit ihr hin sein könnte? Das ist wichtig!“, sagt Mia.

„Das Signal war so schnell verschwunden, dass wir seinen genauen Standort nicht herausfinden konnten", sagt der Agent, der bis dahin nur beobachtend in der Ecke gestanden hat.

„Ich weiß es nicht. Ich weiß vieles nicht mehr."

„Überleg genau", fordert der Agent mich auf.

Die Frage, die ich mir so oft stelle, wieso er das alles auf sich nimmt. Ich denke an den Skip von damals. Wie er war, wie er dachte und sprach. „Schmerz hat ihn verändert", murmel ich leise von mir. Für alle Beteiligten stelle ich dann aber wohl die entscheidende Frage: „Wo ist Rachel gestorben? Das habe ich vergessen."

Der FBI Agent und Mia werfen sich einen vielsagenden Blick zu. Dann stürmt Miss Thomas aus dem Raum. Der Agent legt mir die Handschellen erneut an und steckt mich in eine Gefängniszelle. Ich bekomme keine Antworten mehr.

Dunkel

Die Uhr an der Wand schlägt gerade halb zwölf. Ich zittere. Skip hat mich mehrfach mit eiskaltem Wasser übergossen. Die Lippen blau und das Blut seiner Schläge bereits angetrocknet. Nichts ist schlimmer als frieren. Meine Nieren brennen, es sticht an den Armen und Beinen. Ich merke, wie schwer es mir fällt, klar zu denken.

„Weißt du", zittere ich. „Vielleicht, vielleicht wäre es besser, wenn du mich jetzt umbringst. Nein wirklich. Damit tust du mir sogar einen Gefallen." Ich mache eine Pause. „Dir selbst schadest du damit umso mehr. Aber das kann mir ja egal sein, wenn ich tot bin", versuche ich, zu lächeln.

„Hör auf zu reden. Das ist nicht auszuhalten."

„Sobald die Kugel durch mich durch ist, wird es leichter für mich. Dann muss ich nicht mehr kämpfen."

„Was schwafelst du da?"

„Kämpfen mit mir selbst. Für den Frieden mit mir selbst. Versteh mich nicht falsch, anderen zu vergeben, ist nur der halbe Job. Mit sich selbst im Reinen zu sein und sich selbst vergeben zu können, ist etwas Großartiges. Der Weg dahin ist jedoch nicht einfach. Er kostet Kraft. Wenn du mich erschießt, erspar ich mir das alles. Dann wird es umso schwerer für dich."

„Ganz im Gegenteil. Ich weiß, was du hier versuchst", grinst Skip.

„Wirklich? Du kannst dir nicht mal vergeben, dass du damals nicht auf Rachel aufpassen konntest. Und daran warst du nicht mal schuld. Und trotzdem hast du dieses schlechte Gewissen. Wie willst du dann damit leben, mich umgebracht zu haben? Ich werde dich jede Sekunde begleiten. Dich heimsuchen, wenn du gerade denkst, es geht bergauf. Und das passiert alles in deinem Kopf. Es gibt kein Entkommen."

„Die Kälte ist dir wohl schon in den Kopf gestiegen? Und jetzt halt die Schnauze."

„Ich sehe Drake und Rachel jeden Tag. Sie reden kein Wort mit mir.

Wieso auch, schließlich sind sie tot. Aber dennoch sind sie da. Durch meine Angst, etwas Wertvolles zu verlieren, bin ich dazu getrieben worden, das, was ich damals zu lieben glaubte, zu opfern."

„Du hast Drake erschossen?"

„Das wusstest du nicht? Vor Gericht habe ich gesagt, dass ich das nicht bereue. Ich habe gelogen, ganz fett gelogen. Es war nur ein Schuss und der hat mich mehr gekostet, als nur den Abzug zu betätigen." Meine Gedanken schweifen ab. Betäubt von der Kälte starre ich auf die Fliesen. Meine Augen werden schwerer.

Ich sehe Drake. Wie er auf den Boden fällt. Ich höre den Knall, ich sehe mich. Und immer die Frage: Hätte es anders gelöst werden können?

„Ein Menschenleben ist plötzlich vorbei, einfach so. Wer bin ich, Skip, dass ich das entscheiden kann? Wer zu leben verdient und wer nicht." Ich versuche, seinen Blick einzufangen. „Glaubst du, du weißt das, Skip? Habe ich es verdient, zu sterben? Das, was du liebst, wurde bereits geopfert. Nichts wird dir Rachel wiederbringen. Auch nicht mein Tod. Also lässt du dich von deinem Schmerz leiten, einen Schuldigen zu suchen, um davon abzulenken, dass du dir selbst Vorwürfe machst. Wenn du Frieden suchst, ist das der falsche Weg."

„Ich will, dass du still bist." Skip hält sich die Ohren zu.

„Da oben drin ist es laut, ich weiß", sage ich.

Ein Satz zu viel für ihn. Skip schlägt zu.

„HIER SPRICHT DAS FBI! KOMMEN SIE MIT ERHOBENEN HÄNDEN RAUS!", erklingt plötzlich eine Stimme aus einem Lautsprecher.

„Skip, es ist vorbei! Lass Katie gehen!", schreit Christin.

„Nein, verschwindet! Alle!" Zitternd zückt er die Waffe und hält den Lauf der Pistole in meine Richtung. Dann bindet er mich los. „So, und nun werde ich dich vor allen erschießen", meint er überzeugt.

„Hör auf, Skip. Lass es", wehre ich mich, so gut ich noch kann. Wir gehen vor die Tür. Umzingelt von schwarzen Fahrzeugen und Scheinwerfern.

„Katie?", höre ich benommen Dinas Stimme.

Am Hals gepackt, erwürgt Skip mich fast. „Ich werde den Abzug drücken, wenn jemand versucht, näher zu kommen! Ja, das mach ich!", schnieft er.

„Das ist deine letzte Chance, Skip!“, droht Mia.

Die Scheinwerfer sind so hell, dass ich außer schwarzen Umrisse niemanden erkennen kann. „Skip? So hilfst du dir nicht“, wiederhole ich mit abgewürgter Stimme.

Er drückt das kalte Eisen nun gegen meine Schläfe. Der Angstschweiß perlt von seiner Oberlippe. Skip weiß nicht, was er tun soll, traumatisiert und panisch schubst er mich kräftig von sich weg. Mein Kopf schlägt auf dem nassen Asphalt auf. Ich höre schnelle Schritte. Drei Schüsse fallen.

„Nicht schießen!“, ruft Mia.

Ich werde bewusstlos.

Aufwachen

Christin hält meine Hand, als ich im Krankenhaus aufwache. „Hey Sonnenschein", lächelt sie. Ich lache zurück.

Auch Dina und Joe sind da. „Jetzt lassen wir dich nicht mehr aus den Augen", meint Dina.

Noch etwas benommen, blicke ich in die Runde. „Wo ist Glen?", ist meine erste Frage.

Schweigen. Keiner möchte etwas dazu sagen.

„Du warst stark unterkühlt. Aber deine Nieren werden sich erholen, haben die Ärzte gemeint. Also kein Grund zur Sorge. Auch werden die Wunden in deinem Gesicht keine Narben hinterlassen", lenkt Christin ab.

„Genau. Auch alle Blutergüsse werden wieder verschwinden", wirft Dina ein.

Ich nicke. „Mir ist schlecht."

„Das kommt von der Gehirnerschütterung", sagt Dina.

„Hört sich ja super an", meine ich.

Es klopft. Mia kommt zur Tür herein. „Hallo, Katie. Schön, dich zu sehen."

„Wir haben es ihr noch nicht gesagt", so Christin.

„Was gesagt?", frage ich.

„Wir konnten Skip nicht fassen. Er ist flüchtig. Nachdem er dich sozusagen als Rückendeckung benutzt und auf uns geschossen hat, konnten wir nichts tun, was dich nicht gefährdet hätte. Das schien uns ein zu großes Risiko."

„Was heißt das jetzt genau?"

„Das heißt, dass ihr alle, sobald deine Genesung abgeschlossen und alles vorbereitet ist, das Land verlassen werdet. Es ist für keinen von euch sicher hier. Wir müssen eingestehen, dass dies von Anfang an die bessere Lösung gewesen wäre. Aber auch wir machen Fehler."

„Ab und zu", wirft Dina ein. „Aber jetzt kommt erst einmal wieder zu Kräften. Ach, und falls du merkst, etwas stimmt nicht, dann steht dir ein ganzes Team von Psychologen zur Verfügung, Katie. Und das gilt für alle anderen hier auch", sagt sie und geht zur Tür hinaus.

„Hey, ehm, kann ich mal kurz mit Christin allein reden?", frage ich Joe und Dina.

„Klar, natürlich", antwortet Joe.

Sobald der Durchgang zu ist, frage ich Christin: „Was ist hier eigentlich los?"

„Er ist in Gewahrsam, Katie. Glen, er hat uns verraten. Aber das spielt auch keine Rolle mehr. Ich bin froh, dass er weg ist und du wieder hier bei mir."

„Sie haben ihn verhaftet?" „Ja? Schließlich hat er Skip geholfen, dich zu entführen."

„Was ist mit Joe? Es ist sein Bruder, um den es hier geht."

„Er hat es verdient. Völlig egal, ob er Joes Bruder ist. Er könnte sein Vater sein und es wäre gerecht."

„Das hat nichts mit Gerechtigkeit zu tun. Ich muss zu ihm."

„Was? Nein! Diesen Verräter werden wir, hoffe ich, nie wiedersehen. Das lass ich nicht zu. Ich hätte dich fast verloren. Das werde ich nie wieder zulassen", weint sie fast vor Wut.

Ich schweige. Es bringt nichts, einem verletzen Menschen zu erklären, wieso er nicht hassen, sondern vergeben soll. Zu frisch sind die Wunden meiner Schwester und meine auch.

„Es tut mir leid." Mit diesen Worten verlässt sie den Raum.

Kurz bevor die abendliche Besuchszeit endet, kommt Dina noch einmal in mein Zimmer. „Hey. Stör ich?", flüstert sie.

„Nein, komm rein", grinse ich. So leise wie möglich tapst sie an mein Bett. Lange umarmt sie mich. „Verzeihung", sage ich.

Verwirrt sieht sie mich an.

„Du könntest es leichter haben mit einer anderen besten Freundin", sage ich und blicke in ihre Augen.

„Wenn ich das hier nicht wollen würde, wäre ich doch schon längst weg", schmunzelt sie. Wir strahlen uns an.

„Wie geht's dir?", frage ich.

„Jetzt wieder gut. Meine Mom lässt ganz lieb grüßen. Sie kommt dich morgen besuchen."

„Danke, lieb von ihr.“

„Joe und Christin reden kein Wort mehr miteinander. Mein Gefühl sagt mir, dass das richtig übel ausgehen könnte“, fängt Dina bedrückt über das schwierige Thema an zu reden.

„Sie können nicht vergeben“, sage ich.

„Wie auch? Bist du nicht sauer auf Glen. Oder zumindest enttäuscht.“

„Doch. Und genau aus diesem Grund muss ich mit ihm sprechen. Ich will es verstehen.“

Dinas scheint meinen Gedankengang nicht ganz nachvollziehen zu können. „Irgendwas hat dich verändert, Katie. Ich hoffe, das liegt nicht an deinen Verletzungen.“

„Möglich. Weißt du, als ich dasaß und Skip so gesehen habe, ist mir klar geworden, was das alles aus einem macht. Der ganz Hass. Die Ungewissheit, das Nachtrauern, sich selbst nicht verzeihen zu können. Jeden Tag siehst du dich im Spiegel und kannst nicht vor dir fliehen.“

„Geht es hier noch um Skip?“, fragt Dina.

„Nicht nur“, sage ich. „Ich will ihn finden, Dina.“ Die Bombe ist geplatzt.

„Du bist doch nicht ganz sauber im Kopf. Wieso willst du jemanden finden, der dich umbringen will?“

„Er will das doch gar nicht.“

„Warum denkst du das?“

„Wenn er es wirklich wollen würde, wäre ich doch schon längst tot.“

„Bist du lebensmüde, Katie? Vielleicht sollte man dir andere Medikamente geben“, scherzt Dina.

„Ich mein das ernst.“

„Na gut. Wenn du willst, helfe ich dir. Christin wird durchdrehen“, schüttelt Dina den Kopf.

„Christin, wird davon erst mal nichts erfahren, doch zuerst muss ich hier raus.“

Dina nickt. „Ach, du meinst jetzt sofort?“

„Ja.“

„Willst du nicht erst gesund werden?“

„Das kann ich später noch.“

„Sicher?“

„Natürlich muss ich gesund werden“, grinsen wir und ich verdrehe die Augen. Aus diesem Grund vertraue ich Dina am meisten. Auch wenn sie mein Handeln nicht ganz begreifen kann, steht sie an meiner Seite. Mit der Gewissheit, dass es schon richtig sein wird.

Die Suche

Seit neun Tagen bin ich nun im Krankenhaus, meine Gehirnerschütterung ist so gut wie verschwunden, hier und da noch ein Fleck und ein paar krustige Wunden überlebe ich sicherlich. Auch wenn ich von Kliniken und Krankenhäuser magisch angezogen werde, darf ich dieses nun endlich verlassen. Als ich im Flur des Hospitals auf meinen Abholdienst warte, sehe ich, wie ein Krankenpfleger frisch gespültes Geschirr auf einem Servicewagen neben mir parkt. Er unterhält sich kurz mit einer Kollegin, bei der er sich wohl erhofft, dass sie irgendwann einmal etwas mehr Interesse an ihm zeigt. So selbstverständlich wie möglich greife ich nach einem der scharfen Brotmesser und lasse dieses unter meiner Jacke verschwinden. Mein Bauchgefühl verrät mir, dass es mir demnächst nützlich werden könnte.

Der Agent trifft ein und begleitet mich nach draußen. Dort steigen wir in eine E-Klasse ein und fahren los. Nervös versuche ich, das Messer nicht zu verlieren. Der Agent fährt am Time Square vorbei in Richtung Upper West Side zum Apartment, in dem wir für die nächsten Tage untergebracht sind. In vier Tagen sollen wir das Land verlassen. Bis dahin werden alle ständig überwacht und begleitet. Mia will kein Risiko mehr eingehen. Nach Kanada soll die Reise gehen. Ein schönes, friedliches Land. Mit vielen Wäldern und Bergen. Klingt nach einem Umzug, der sich lohnen könnte. Allerdings haben Dina und ich erst einmal einen anderen Plan, den wir am Abend zuvor ausgeklügelt haben. Als der Agent an einer Kreuzung in eine kleinere Straße abbiegt, legen wir los: Die Reifen platzen, Dina hatte es tatsächlich geschafft, aus dem FBI Quartier Krähenfüße zu stehlen. Diese werden nicht so gut bewacht wie die anderen Gegenstände im Waffenraum. Abrupt bleibt der Wagen stehen. Der Agent ist noch damit beschäftigt, zu verstehen, was gerade passiert. Mit dem Holzgriff des Messers aus dem Hospital schlage ich ihm kräftig auf den Hinterkopf. Er wird bewusstlos. Die Autotür öffnet sich.

„Alles in Ordnung?", fragt Dina.

„Ja", sage ich kurz, während sie das Klebeband herausholt. Gefesselt und zum Glück nach wie vor bewusstlos schleifen wir den Klotz von Agenten auf die Rückbank des Fahrzeugs. Plötzlich klingelt es in seiner Hosentasche.

„Scheiße, das Handy", sagt Dina.

„Was jetzt?"

„Wir müssen es loswerden. Die wollen bestimmt wissen, wo du bleibst."

„Was hast du eigentlich gesagt, wo du hin bist?"

„Gar nichts. Es war kein perfekter Plan", sagt Dina und zuckt mit den Achseln.

„Das heißt, wir haben nicht viel Zeit, bis sie nach uns beiden suchen."

„Wenn sie es nicht schon tun", so Dina.

„Schlaf schön", rufe ich dem Agenten noch zu.

Dina holt den Fluchtwagen aus seinem Versteck. Ein alter BMW aus den 80ern. Der Lack giftgrün, an allen Ecken und Kanten verbreitet sich der Rost. Die Schrottkarre hat sie wohl auf einem Autofriedhof zum Leben erweckt. Es geht zurück an die Tankstelle, in mein Versteck.

„Glaubst du, wir finden ihn dort?", fragt Dina.

„Keine Ahnung. Ich weiß nur, dass ich Skip finden muss."

Dinas Augen sind es, die mir verraten, dass sie sich Sorgen macht. „Was geht dir durch den Kopf?"

„Was ist, wenn wir ihn nicht finden? Oder was ist, wenn wir ihn finden?"

„Du hast Angst, richtig?", frage ich.

Sie antwortet nicht. Angesicht zu Angesicht schweigen wir.

„Du musst mir versprechen, dass, egal was passiert, du mich nicht aufhalten wirst", verlange ich.

„Aber wenn er dich …"

„Daran denken wir erst gar nicht", meine ich entschlossen und steige aus dem alten Vehikel aus. Dina überlegt nicht mehr lange und zerstört das Handy des Agenten, das wir mitgenommen hatten.

„Hier." Sie überreicht sie mir seine Pistole. „Gefesselt hat sie ihm eh nichts genützt und in seiner Jack habe ich noch eine gefunden."

„Danke, das ist deutlich besser", überreiche ich ihr im Gegenzug das Küchenmesser.

„Wirklich? Ein Brotmesser?"

„Finde mal im Krankenhaus was Besseres als das", zucke ich mit den Schultern.

Mit Messer und gezückter Waffen nähern wir uns dem Eingang, der mit Absperrbändern versiegelt ist. Im Windschatten gibt mir Dina die nötige Deckung. Den Tatort zu reinigen, hielt hier wohl keiner für dringlich. Der Gartenstuhl, auf dem ich saß, steht noch genauso da, wie der Eimer auf der anderen Seite der Bruchbude. Noch immer kann ich vor mir sehen, wie Skip ihn durch den Raum wirft, wie er ihn auffüllt und das kalte Wasser über mein Haupt gießt.

Bereits nach kurzer Zeit wird deutlich, dass er nicht hier ist. Wieso sollte er auch an einen Ort zurückkehren, an dem man ihn fast geschnappt hätte? „Er könnte überall sein, Dina."

„Nein, er denkt gut darüber nach, wohin er geht. Anders wäre es nicht möglich gewesen, dich zu entführen. Du bist die letzte Person, mit der er gesprochen hat. Eventuell hat er irgendetwas gesagt, das dir einen Hinweis gibt."

„Eigentlich ging es ununterbrochen um Rachel. Darum, dass er mir die Schuld an ihrem Tod gibt. Für alles."

„Er vermisst sie", blitzen Dinas Augen auf. „Komm, lass uns gehen", sagt sie entschieden.

„Wohin denn?", erwidere ich skeptisch.

„Vertrau mir. Ich erklär es dir im Wagen."

Zügig verlassen wir diesen Ort. Tatkräftig auf ein neues Ziel zu. Sich mit dem FBI anzulegen, hat uns bereits in der Vergangenheit in schwierige Situationen gebracht. Schlau wäre es gewesen, daraus zu lernen. Aber wer lernt schon gerne ...

Die andere Seite

„Der Agent meldet sich nicht, Miss Thomas.“

„Das ist sehr ungewöhnlich. Die beiden müssten schon längst wieder hier sein. Orten Sie ihn“, sage ich. Dahinter kann nur Katie stecken. Was hast du nur wieder vor? Wie gerne ich deine Pläne besser kennen würde, um dir zu helfen. Wie oft ich das schon gedacht habe, gehört beinahe bestraft. Es klopft an meiner Türe. „Herein.“

„Hey, Mia, ist Katie schon da? Oder weißt du vielleicht, wo Dina ist?“, will Christin wissen.

„Nein, bisher nicht. Es gibt ein paar Komplikationen.“

„Komplikationen?“

„Das bedeutet, dass Katie vermutlich wieder einmal eigene Pläne hat. Sonst wären die beiden längst hier.“

„Miss Thomas, dass Mobilgerät konnte für einen kurzen Augenblick am Ort 327 erfasst werden. Kurz darauf wurde die Verbindung gekappt“, wirft der Assistent ein.

„Ort 327?“, fragt Christin.

Ich schweige. Christin sollte davon besser nichts wissen. Sie kann derzeit nicht klar denken.

„Wo ist das?“, bohrt sie dennoch weiter. „Mia, sag mir, wo sie sind!“ Lange wartet sie auf eine nicht folgende Antwort. Bis sie schließlich selbst darauf kommt. „Das ist die Tankstelle, habe ich recht? Sie sucht nach ihm. Dina und Katie? Sie suchen nach ihm. Du hättest sie aufhalten müssen!“

„Das verstehst du nicht, Christin.“

„Doch, allerdings lässt du es zu, dass meine Schwester mutwillig ihr Leben riskiert. Schon wieder.“

„Nein, Christin, ich verhindere es so. Indem ich kein Aufsehen errege und Skip sich beobachtet oder bedroht fühlt.“

„Du hast schon geahnt, dass Katie das tun wird, richtig? Hast du nichts aus der Vergangenheit gelernt, Mia?“

„Doch allerdings. Ich habe gelernt, deiner Schwester zu vertrauen!"

„Das hat nichts mit Vertrauen zu tun!"

„Doch, das hat es!"

„Ich werde nicht zulassen, dass sie stirbt."

„Christin, damit lenkst du nur unnötig Aufmerksamkeit auf die beiden und auf dich."

„Ich werde sie nicht noch einmal sich selbst überlassen." Mit diesen Worten stürmt Christin aus meinem Zimmer.

„Sollten wir sie nicht aufhalten?", will mein Assistent wissen.

„Nein. Wir sorgen lediglich dafür, dass keinem etwas passiert."

„Können wir das?"

„Wir können es versuchen. Informieren Sie alle verfügbaren Kräfte und die umliegenden Krankenhäuser. Dann klappern wir systematisch die Stadt ab. Verfolgen Sie jeden einzelnen Schritt, den Christin macht. "

„Sehr wohl, Miss Thomas."

Schon wenig später erstattet mir einer der Kollegen Bericht. „Christin hat mit einem Feuerlöscher die Tür aufgebrochen zu dem Raum, in dem die Waffen gelagert sind. Allerdings ist ein Code erforderlich, um den Schrank zu entsperren."

„Verdammt."

Mein Kollege fährt fort. „*Hey! Was machen Sie hier?*, wollte plötzlich jemand von ihr wissen. Christin drehte sich zu ihm um, sagte *Gar nichts*, und trat mit ihrem Fuß die aufgebrochene Türe in das Gesicht unseres Agenten. Dieser reagierte schnell und konnte mit seinem Arm diesen Versuch abwehren, doch sie schlug ihm mit aller Kraft gegen die Nieren und in den Bauch, bis er am Boden lag. Der Agent wehrte sich, kickte sie, bis Christin schließlich selbst nicht mehr stand. Zunächst sah es so aus, als hätte sie diesen Kampf verloren. Doch dann bekam unsere gute Christin Verstärkung, ihr Helfer reichte ihr die Hand, sodass sie aufstehen konnte. Joe Blair stand plötzlich da und übergab ihr auch die Waffe des ausgeknockten Kollegen. Inzwischen wissen wir, dass Christin anschließend in Richtung Tiefgarage rannte, dort einen Autoschlüssel entwendete und sich mit einem unserer ..."

In dem Moment kommt mein Assistent atemlos zurück. „Miss Thomas, es gibt ein Problem. Miss Smith hat unerlaubt ein Fahrzeug entwendet und mithilfe von Mr. Blair einen Beamten niedergeschlagen.

Wir müssen sofort die Verfolgung aufnehmen, damit sie uns nicht entwischt.“

„Ich weiß schon“, sage ich kurz und deute auf den Kollegen, der mir bereits alles ausführlich erzählt hat. „Lasst sie gehen. Aktivieren Sie die Ortung des Wagens und holen Sie mir Joe Blair her. Vermutlich kann er uns helfen.

„Sehr wohl, Miss Thomas.“

„Ich hoffe, du weißt, was du da tust, Christin“, ist nicht mein letzter Gedanke daran.

Die Suche

„Wohin fahren wir?" Ich blicke mich um.

„Wohin würdest du gehen, wenn du Skip wärst?", will Dina wissen.

„Es ist egal, wohin man geht. Überall verflogt es einen. Aber ich vermute, er versteckt sich."

„Ihr seid gar nicht so verschieden. Ich glaube das nämlich nicht."

„Wenn das so ist dann, sucht er wohl nach mir. Willst du das damit sagen?"

„Er sucht. Aber nicht unbedingt nach dir."

Dina bleibt mit dem Auto vor dem Eingang eines mir sehr vertrauen Ortes stehen. Der St. Paul's Chapel Friedhof.

„Würdest du hierher gehen, in seiner Verfassung?", werfe ich ein und steige aus der Vintagekarre aus.

„Einer der Gründe für das alles hier liegt dort begraben." Dina zuckt mit der Schulter.

„Ich würde diesen Ort meiden in seiner Verfassung", antworte ich.

„Vielleicht. Aber wenn er in der geistigen Verfassung ist, in der ich ihn vermute, sucht er diesen Ort mit purer Absicht auf. Er will die Zeit zurückdrehen. Genau hier bleibt die Zeit für ihn stehen."

„Vielleicht", war wieder einmal nur die Antwort auf viele Fragen.

Es ist schon mehr als nur etwas absurd, mit gezückter Waffe einen Friedhof zu betreten. Noch skurriler ist es, ihn mit der Gefahr im Hinterkopf zu betreten, hier durch einen möglichen Kugelhagel zu sterben.

Der Friedhof hat viele Winkel und Ecken, auf die man achtgeben muss. Unkonzentriert bleibe ich an einem Stein stehen. Er steht unter einer großen Buche. Es ist kalt unter ihrem Schatten. Die gelbbraunen Blätter fallen, als würden sie einem Orchester eine Melodie dirigieren wollen. *Hier ruhen Sara und Tom Smith.* Ich betrachte die Inschrift und das Foto. Ich hatte tatsächlich kurz verdrängt, dass auch meine Eltern hier liegen. Vor vier Jahren hatte ich einmal gedacht, es würde leichter werden mit den Jahren. Ich hatte das Gefühl, das alles doch irgendwie Sinn machte. Nun stehe ich hier mit einer Pistole in der Hand und dem Gedanken, die Kontrolle über alles verloren zu haben. Mir scheint, es ist viel chaotischer als zuvor. Eine Wiederholung eines ganz schlecht geschriebenen Drehbuchs. Was meine Eltern wohl gerade von mir denken?

„Katie, ich glaube, da vorne. Das könnte er sein", stupst mich Dina an und erinnert mich daran, warum wir hergekommen sind.

In geduckter Haltung und aus sicherer Entfernung können wir sehen, wie jemand liebevoll einen selbst gepflückten Strauß auf das Grab von Rachel stellt. Skip. Er scheint mit ihr zu reden. Die Szene ist wie ein Stich in mein Herz. Ich sehe Rachel vor meinem geistigen Auge … und ich sehe ihn. Wie Rachel rennt und fällt und er keine Chance hat, etwas dagegen zu tun. Ich hätte allein nach Hause laufen sollen. Der Mistkerl hat es geschafft. In meinem Kopf existiert die Version, dass ich Rachel umgebracht habe. Die Gedanken gab es schon davor, nur glaube ich es jetzt auch noch. Ohne Zweifel.

„Was habe ich getan? Vielleicht habe ich Rachel tatsächlich auch auf dem Gewissen."

„Katie, hör auf damit. Du hast sie nicht umgebracht."

Ich nicke und versuche, mich zu besinnen.

„Da kommt jemand." Dina zeigt in Skips Richtung. Er scheint plötzlich abgelenkt.

„Nimm die Hände hoch, Skip!", hört man eine schreiende Stimme.

„Wer ist das?", will ich wissen.

Skip denkt nicht daran, die Hände hochzunehmen. Stattdessen zieht seine Waffe und rennt.

„Nein", platzt es aus mir und wir rennen los. Einige Schüsse fallen, bis ich sehe, dass es Christin ist, die Skip vertrieben hat.

„Verdammt, Christin, bist du verrückt?", geht Dina wütend auf sie zu.

„Diese Frage gebe ich gerne zurück."

„Du verstehst das nicht", sage ich und bin gleichzeitig bemüht, den Flüchtigen nicht aus meinem Blickfeld zu verlieren. Ich renne ihm nach. Wer hätte gedacht, dass ich mal einem Typen dieses Privileg gebe.

„Katie, bleib stehen!", befiehlt Christin.

„Bleib du lieber stehen, Christin." Dina richtet die Waffe, die sie aus der Jacke des Agenten entwendet hatte, auf meine Schwester.

„Glaubst du, ich erschieße dich nicht, wenn es um Katie geht?“, droht Christin. „Dito.“ Sie hebt ihre linke Augenbraue. „Versteh doch. Ich will sie nur schützen.“

„Hier und heute würdest du einen großen Fehler machen. Du willst etwas für sie tun? Dann hilf ihr!“, gibt Dina zurück. Sich gegenseitig in die Augen starrend, bleiben die beiden noch eine Weile so stehen. Nach längerem Schweigen fragt Dina: „Wie hast du uns eigentlich gefunden?“

Christin senkt stöhnend ihre Pistole. „Ich denke, wir haben jetzt Wichtigeres zu klären.“

Von ihnen unbemerkt tragen mich meine Beine unterdessen über Stöcke, Blätterhaufen und Erde. Unaufhaltsam und ungeachtet meiner Umgebung renne ich. „Skip. Skip bleibt stehen!“ Ich bekomme die Worte fast nicht heraus. Mein Gesicht verkrampft, kämpfe ich um jeden Meter. Ich kann nicht mehr, er ist zu schnell. Er versucht, mich loszuwerden. Wirft Mülleimer in den Weg und springt über die hohe Mauer des Friedhofs. „Nein“, atme ich schwer. „Du wirst mich nicht los.“ Mit letzter Energie klettere ich die Mauer hoch und sehe, wie Skip schon einige Meter Abstand gewonnen hat. Für einen Moment ist es still in meinem Kopf. Jegliches Gefühl für Körper und Geist ist wie betäubt. Ich falle von der Mauer, erhebe mich und renne und sprinte, wie ich es zuletzt in diesem Traum tat. Als das Einzige, was mich oben hielt, Drakes Leiche war. Mit dem bedeutenden Unterschied, dass ich jetzt in diesem Moment keine Angst habe. Es ist kein Wettlauf auf der Stelle. Ich falle nicht ausgedörrt und erschöpft auf die Knie. Die Erde unter mir bebt wie im Traum, meine Hände zittern. Ich laufe nicht davon und versuche dabei, dem tiefen Abgrund zu entrinnen. Die Dunkelheit soll kommen. In den Ohren höre ich diesen Schrei eines jungen Mädchens. Es ist meine Stimme. Das war es, was meine Eltern zuletzt von mir vernahmen. Die Schallwelle des lauten Schusses, der aus dem Lauf einer Pistole kommt. Es ist Skips Pistole. Während ich immer noch blind in das große schwarze Nichts renne, das den Namen Trauma trägt. Es ist Ebbe, doch der Sturm tobt mehr als je zuvor. Der Wind wütet und der Regen peitscht. Mir macht es nichts aus, sollen die Elemente kommen, ich bleibe.

Verwischt sind Gegenwart und Vergangenheit.

Skip biegt in ein großes Parkhaus ab. Etwa drei Blocks entfernt. Ein

Schuss ist zu hören. Ich folge ihm. Immer weiter. Das Knallen einer Tür bringt mich dazu, stehen zu bleiben. Wie hoch die Wahrscheinlichkeit wohl ist, aus diesem Klotz nicht mehr herauszukommen? All den Stimmen in meinem Kopf zum Trotz öffne ich die Tür des Notausgangs und betrete das enge Treppenhaus der Parkgarage. Ein schrilles Piepen dröhnt im Gehörgang, der Geruch von Abgasen und Benzin greift die Nasenhaare an. Die Feuerwehr wird das Signal bestimmt schon erhalten. Damit hat er sich selbst sabotiert.

Skip sprintet die Treppe nach oben. Weiter und weiter. Meine Lunge ringt nach Luft. Dann es wird still. Zu still. Keine Schritte sind mehr zu hören. Nur das gedämpfte Rufen der Alarmanlage. Ich blicke hoch, dass Licht flackert. Langsam und leise schleiche ich an der Wand entlang in den 4. Stock. Meine Atmung wird nur noch vom hämmernden Schlag in der Brust übertönt. Oben angekommen, zögere ich für einen Moment, öffne dann aber mit zittriger, verschwitzter Hand die Tür. Meine Augen wandern, nichts ist zu sehen – außer vielen parkenden Autos. Es ist mittlerweile dämmerig geworden, überall züngeln die billigen Glühbirnen der riesigen Garage. Ich zücke die Knarre. Es ist wie ein endloses Katz- und Mausspiel. Im Kindergarten ein schönes Kreisspiel mit Lernfaktor, das einem als kleiner Stöpsel schon die Schuhe auszieht, wenn man plötzlich der Gejagte ist. Hier aber wird ein Einfaches, „Hab dich", das Spiel nicht beenden.

Leise betrete ich die Etage. Das Blut in meinem Kreislauf pulsiert durch jede erdenkliche Ader, der Adrenalinspiegel hat den Höchstwert erreicht. Skip feuert eine Kugel ab. Schützend ducke ich mich hinter einem Auto. Ohne auch nur einen Gedanken zu verlieren, könnte ich zurückschießen. Das kalte und tödliche Metall in meiner Hand, Neunmillimeter voller Munition. Mit ganzer Schadenfreude scheint die Kugelschleuder mich anzulächeln. Jede einzelne Patrone könnte Leben auslöschen. Das spiegelnde Silber lässt mich die Gesichter meiner Mom und meines Dads erkennen. Fast so, als würden diese hinter mir stehen. Sie lächeln und scheinen genau zu wissen, dass ich genug Verstand besitze, das Richtige zu tun. Mein Trommelfell vernimmt den Schrei eines jungen Mädchens, Rachels Schrei. Das Letzte, was sie von sich gab, bevor sie zu Boden fiel. Ich ziele in die Richtung, aus der die Ladung Munition kam. Soll ich eine weitere Runde in diesem Teufelsrad drehen?

Langsam erhebe ich mich aus der geduckten Haltung, da Skip aufgehört hat, zu schießen. Meine Sinne sind angeschlagen. Das stechende Geräusch der Alarmanlage stellt nach wie vor einen Störfaktor dar. Diagonal von mir steht ein weißer Audi. Er ist vielleicht drei Meter entfernt. Doch weit weg genug, dass ich von einem Bleigeschoss getroffen werden könnte. Eine enttäuschende Zahl, die über mein Leben entscheidet, aber alle guten Dinge sind ja bekanntlich drei. Außer in Partnerschaften, da ist die Drei definitiv nicht die glückbringendste Zahl.

Ich schließe meine Augen, atme tief ein und aus. Ich gebe mir einen Ruck und versuche, so schnell ich kann, zu diesem Auto hinüberzulaufen. Kugeln fliegen. Ein Schuss trifft mich am Arm. „Fuck", nuschle ich. Die anderen Geschosse gehen eher zulasten des deutschen Qualitätswagens. Der Arm brennt. Blut tropft auf den Boden. Durch meine Finger hindurch. Ich trau mich nicht, hinzusehen. Aber ich muss. Es scheint nur ein Streifschuss, nichts Schlimmes.

Ich erinnere mich. Es brennt wie damals nach der Explosion auf der Brücke. Auf der Reise nach Manhattan. Der Geruch von verbrannter Haut wird wieder real, er schleicht sich in meine Nase. Ich erkenne Glen, der am Boden liegt. Joe, der versucht, mit schmerzverzerrtem Gesicht aufzustehen. Dina, wie sie neben mir im Bett des Krankenhauses sitzt. Das Gefühl der kalten stechenden Nadel, um die Schmerzen der Verbrennung auszuschalten. Ein Blitzgedanke, der mehr als unpassend ist. Schweiß tropft von meiner Stirn. Mir ist schwindelig. „Reiß dich zusammen, man", versuche ich, mich selbst bei Vernunft zu halten. Schritte werden lauter. Ich lege mich auf den Boden, bemüht, durch den Spalt unter den Fahrzeugen hindurch Skips Füße zu finden.

„Ich weiß, dass du hier bist, Katie. Lass es uns nicht länger verschieben. Komm schon", provoziert er mit wackliger Stimme.

Ich drehe mich um. Von dort scheint seine Stimme zu kommen. Tatsache, ich sehe seine weißen Turnschuhe. Er ist so nah, dass ich aufpassen muss, mich nicht zu laut zu bewegen. Meine Atmung stockt, gerade will er noch einen weiteren Fuß in meine Richtung setzen, da bekomme ich Panik. Ich halte die Waffe weg von mir und feuere mehrere Schüsse ab. Die Reifen eines dunkelblauen Fords platzen. Skip bleibt stehen. Aus der Not heraus drücke ich noch zwei weitere Male den Abzug. Die Kugeln fliegen völlig ziellos durch das Parkhaus.

„Scheiße", höre ich ihn sagen.

Scheint fast so, als hätte eine Patrone ihr Ziel gefunden. Wohl überrascht davon oder selbst in Panik verfallend, rennt Skip weg. Er galoppiert förmlich in Richtung Autoauffahrt auf den Dachparkplatz. So schnell ich kann, stehe ich auf und richte die Pistole auf den fliehenden Skip. Nun habe ich ihn. Nun ist mein Jagdinstinkt der Meinung, das Wort ergreifen zu müssen. Ich könnte ihm direkt in den Rücken schießen. Für einen Wimpernschlag bin ich entschlossen, ihn zu töten. Leben auszulöschen. Erneut all die quälenden Stunden zu durchleben. Meine Albträume winken mir bereits fröhlich zu. Kurz bevor ich den Abzug betätige, sehe ich mich selbst auf dem Klappstuhl gefesselt in der Tankstelle sitzen. „Wer bin ich, dass ich das entscheiden kann? Wer es zu leben verdient und wer nicht", höre ich mich selbst. Mein Körper erstarrt. Die Pupillen weiten sich. Als wäre ich vom Blitz getroffen.

Langsam senke ich die Waffe und sehe, wie Skip hinter der Auffahrt verschwindet. Erschöpft setzte ich mich auf den kalten, feuchten und dreckigen Boden. Skip tropft rote Spuren – genau wie ich. Etwas, das aus der Perspektive eines Zweijährigen gut zu erkennen ist. Gerade fühlt sich das Ganze hier lächerlich an. Eine riesige Kraftverschwendung. Meine Überlegung, einfach aufzugeben und Mia den Rest zu überlassen, wird mit einem Mal von der Schaukel geschubst.

Als ich den Blick von meinem Spielzeug abwende und ich schwarze Stiefel vor mir stehen sehe, ganz nah und echt. Ich traue mich kaum, weiter nach oben zu spicken. Ihre blattgrünen Augen glitzern. Sie wirkt müde. Erschöpft davon, mir hinterherzujagen. Wir fühlen wohl so ziemlich das Gleiche, Schwester. Wie gerne ich sie in meine Arme geschlossen hätte, um ihr zu sagen, dass es mir leidtut.

Das Leid ist ein fieser Gefährte. Hand in Hand tanzen das Gewissen und der Schmerz des Verlustes zusammen mit dem Schicksal des Verstorbenen auf mir herum. Sie schwingen die Hüften so lange, bis ich am Boden liege. So lange, bis ich mich schuldig fühle und das Gewicht der Schuld nicht mehr tragbar ist. Das zusammen ergibt Leid. Der Satz: „Es tut mir leid", ist also nur eine Information für den anderen, dass du leidest. Dass man sich so ins Gewissen redet und versucht, Empathie, Mitgefühl zu zeigen. Ist dieser Satz nur dafür da, dir selbst bewusst zu machen, dass du dich quälst? Um dir somit selbst ein Stück der Last zu nehmen?

Der Unterschied ist, dass das Gewicht des Leids von jedem Menschen anderes empfunden wird. Die einen leben damit, als wäre es ein Mückenstich, nur ein leichter Niesel im Sommer, sie sind sich keiner Schuld bewusst oder besitzen eine unübertreffbare Ignoranz gegenüber diesem Gefühl.

Und die anderen? Die ertrinken förmlich daran, werden davon verschlungen. Würden alles dafür tun, um es wiedergutzumachen. Zu diesen Nichtschwimmern gehöre ich.

„Ich weiß, du kannst nicht mehr. Mir fehlt auch die Kraft", gestehe ich auf dem Boden sitzend. Ein Blatt Papier ist es, das sie mir zeigt. Sie lässt es fallen. Ich nehme es in die Hand und betrachte es von beiden Seiten. „Da steht nichts drauf", sage ich erschöpft.

Sie schüttelt den Kopf. Professor Franklins letzte Worte an mich dringen durch meinen Geist: „Alles hat zwei Seiten."

Sobald ich diesen Gedanken begreife, ist das Papier verschwunden. Ich stehe auf, sehe Rachel an. „Es tut mir leid, dass ich dir keine bessere Freundin war. Aber ich werde versuchen, eine zu sein. Ich verspreche es." Nun rollen die Tränen das Tal der Zuversicht hinunter. Ich renne in Richtung Dachparkplatz. Ich weiß nun, wie ich zu handeln habe. Kurz drehe ich mich um. Fast hätte ich es vergessen. Rachel winkt mir zu und geht. Mit dem Wissen, dass sie nicht wiederkommen wird.

„Danke", sage ich und sehe mich kein zweites Mal um. Meinen Tunnelblick behalte ich, denn er führt mich nach draußen. Wie eine gut geölte Lok dampfe ich aus der Dunkelheit.

Verstehen

Zur gleichen Zeit kommen Dina und Christin am Parkhaus an. Mit quietschenden Reifen fahren sie Stockwerk für Stockwerk ab, um Katie zu finden.

„Wo ist sie?", fragt Christin panisch und von Verlustangst gesteuert.

„Ich weiß es nicht", erwidert Dina.

Auf Ebene drei bleibt das alte Fortbewegungsmittel ungewollt stehen. „Was ist denn jetzt los?", fragt Christin und versucht, den Motor neu zu starten, doch außer einem angestrengten Ächzen passiert nichts mehr. „Verdammt, ausgerechnet jetzt!" Sie wirft einen Blick auf die Tankanzeige. Jetzt muss es zu Fuß weitergehen. Die beiden steigen aus und erkunden die Gegend.

„Was ist das für ein stechender Ton?", fragt Dina.

„Das ist die Alarmanlage", antwortet Christin. Nun beginnt Christins Gehirn wieder, in alter FBI-Manier zu denken. „Die beiden sind bestimmt über die Fluchttreppe reingekommen. Somit hat Skip schon mal viel zu viel Aufmerksamkeit auf sich gelenkt. Die Feuerwehr müsste jeden Moment hier eintreffen." Für einen Moment schweigt Christin und nickt.

„Katie wird Skip so lange verfolgen, bis sie ihn in die Finger bekommt", sagt Dina.

„Oder er sie", bringt Christin ihre Gedanken ein. Beide sehen sich so an, als wüssten sie, was dies letztendlich heißen wird.

„Wir sollten einen Krankenwagen rufen", zittert Dinas Stimme. „Und Mia?", fragt sie.

„Die wird schon längst wissen, dass wir hier sind und Hilfe brauchen. Das Auto wird geortet und wir mit Sicherheit abgehört. Es gibt hier überall Kameras", so Christin.

„Ich ruf trotzdem an." Während Dina den Notruf wählt, wird auch ihr bewusst, dass sie ihre beste Freundin vielleicht nie wiedersehen wird. Dina weiß, dass sie es so wollte. Dennoch kommen auch bei ihr die dunklen Fragen auf: „Was waren meine letzten Worte an sie? Werde ich ihre Stimme noch einmal hören?" Wie vom Blitz getroffen bemerkt man, wie sehr sie dieser Verlust schmerzen würde. Wie verbunden zwei Seelen sein können und wie leer das Leben plötzlich wäre – ohne Katie. Dina empfindet auf einen Schlag eine große Leere in sich.

Nachdem der Hilferuf abgesetzt ist, bricht sie in Tränen aus. „Auch ich will nicht, dass sie stirbt."

„Warum hast du mich dann aufgehalten? Ich wollte genau das verhindern. Verdammt noch mal", sagt Christin.

„Ich weiß. Aber es musste so sein. Verstehst du? Katie muss das hier tun."

„Was redest du denn da? Für was? Für wen?"

„Für sich, Christin. Sie kann nicht glücklich werden, wenn sie sich nicht selbst verzeiht. Du weißt so gut wie ich, dass sie das niemals hat. Sich verziehen."

„Keiner kann so mit sich leben, Dina." Christin ist niedergeschlagen.

„Deshalb ist sie hinter ihm her. Denn sie versucht, ihm zu helfen – und damit sich selbst", ergänzt Dina und will Christin in den Arm nehmen.

Diese weicht aus. „Lass uns weiter nach oben gehen, vielleicht erwischen wir die beiden noch", lenkt sie ab. Ein paar Meter weiter oben finden die beiden ein Projektil und erblicken eine Spur aus roten Tropfen, die sie auf die Dachetage führen.

Das Spiegelbild

„Skip?", rufe ich in der Hoffnung, dieser Partie ein Ende zu bereiten. Keine Antwort. Ob wir noch *Tom und Jerry* spielen oder bereits bei *Der Fuchs geht um* angelangt sind, ist nicht eindeutig. Fakt ist, es bleibt ein Fahnden. Gut, machen wir es wie die Löwen und legen uns auf die Lauer. Hungrig nach Fleisch bin ich nicht. Eher hungrig auf Frieden. Langsam setze ich mich hinter einen Lüftungsschacht. Ich weiß nicht, auf was ich eigentlich warte. Das Bauchgefühl hat sich eingeschaltet und ist der Meinung, dies sei eine vortreffliche Geste. Meine Augen blicken unverändert mit schlechtem Gewissen auf die Tatwaffe. Sie spiegelt das Gesicht von Drake wider. „Nie wieder", denke ich. Es macht *klick* und das Magazin fällt heraus. Jedes einzelne Geschoss lege ich gut versteckt hinter den Schacht. Dann stecke ich das leere Magazin wieder in die Pistole. Das Risiko ist groß, doch es fühlt sich richtig an.

Unmittelbar nach dieser genialen Idee sehe ich Christin und Dina die Auffahrt hochlaufen. Ich bin erleichtert, sie zu sehen, leider ist es gefährlich – und das wissen die beiden. Mit meiner Hand gebe ich den beiden ein Zeichen, dass sie stehen bleiben sollen.

„Versteckt euch!", flüstere ich.

Skip hat meine Unterstützungskräfte wohl auch gesehen und feuert in ihre Richtung. Dina und Christin suchen hinter einem dunkelgrünen Van Schutz. Ich hebe den Kopf, um zu sehen, wie weit Skip von mir entfernt ist. Leider ist er nicht zu erhaschen. Vorsichtig krieche ich hinter dem Kasten hervor, dann stehe ich langsam auf. Mit jeder Pore meines Körpers versuche ich, wachsam zu sein. Meine Ohren nehmen Schritte wahr, die in meine Richtung zu kommen scheinen. Als ich mich um die eigene Achse drehe, kann ich nicht einmal die Silhouette einer Person deuten. Ich laufe weiter bis an den Rand der Dachetage, mein Blick wandert nach unten. Verdammt ist das hoch. Diese unwohl nervöse Ahnung, dass jemand dir im Rücken steht, überkommt mich. Langsam drehe ich mich um, da ich bereits erahne, wer hinter mir steht.

Bereit für alles, breitbeinig wie ein Cowboy, bohren sich seine Augen durch mich hindurch auf die andere Seite. Ich hebe die Hände. Zu meiner eigenen Sicherheit mache ich ein paar größere Schritte weg vom eventuell tödlichen Klippenrand. Skip zieht die Waffe, richtet sie schussbereit auf mich. Man sollte in so einer Situation ein gewisses Unwohlsein verspüren. Angst vor dem Besuch des Sensenmannes zeigen. Die habe ich aber nicht. Keine Angst. Nach all der Zeit ist mir dieses Gefühl zu vertraut geworden, es gehört einfach zum Leben dazu. Wie Skip empfinde ich hin und wieder diese innere Niedergeschlagenheit. Dieses Was-soll's-Gefühl. Es ist egal, ob man lebt oder stirbt. Die mit Abstand gefährlichste von allen Einstellungen.

Ich sehe ihn an und erkenne mich. Er ist wie ich. Ich habe das Bild im Kopf, wie Drake leblos zu Boden fiel. Ein scheiß Gefühl. Etwas, das er nicht wollen kann. Nicht für den Rest seines Lebens mit sich tragen möchte. Vorsichtig gehe ich auf Skip zu. Als würde ich in einen Spiegel schauen. In seinen Augen sehe ich alles, wovor ich damals weglaufen wollte. Bei jedem Schritt, den ich in die Richtung seines Zielrohrs mache, kommt mir erneut diese eine Kunststunde in der Klinik in den Sinn. Wie ich den Pinsel in die lila Farbe tunke und die Borsten sich damit vollsaugen. Meine Hand, sie kontrolliert, was ich male. Schwungvolle Linien, bis die Farbe aufgebraucht ist. Es wiederholt sich, mehrere Male. Die Leiterin dieses Kurses lächelt, als sie mein Werk betrachtet. Ich lächle. Wie den Pinsel kontrolliere ich jetzt, was hier passiert. Ein Fuß nach dem anderen wird nach vorne gesetzt, bis ich mich genau vor ihm sehe. Und ich weiß, als das kalte Eisen meine Brust berührt, dass er einfach abdrücken könnte – es wäre vorbei. Das ganze Kämpfen, die Suche nach Vergebung, simpel gesagt – alles wäre zu Ende. Doch dafür habe ich zu viel Energie verwendet, um mir jetzt den letzten Schuss setzen zu lassen. Ich kontrolliere, was hier geschieht.

„Skip, ich kann nicht rückgängig machen, was geschehen ist. Glaub mir, ich würde es, wenn ich es könnte. Nichts auf der Welt bringt dir Rachel zurück."

„Halt den Mund, Katie! Du weißt rein gar nichts. Du hast keine Ahnung davon, wie es ist, jemanden zu verlieren, den man ..." Er weint.

„Den man liebt", beende ich seinen Satz. „Das ist unerträglich, ich weiß. Du suchst einen Schuldigen, damit du dich besser fühlst. Das ist vollkommen in Ordnung. Wer tut das nicht.“

„Tu nicht so, als ob du das Opfer hier wärst. Ohne dich wäre das alles nicht passiert! Du kanntest Rachel nicht, also hör auf, zu denken, sie wäre eine Freundin gewesen.“

„Aber du kanntest sie. Wohl ein Privileg, das nicht viele hatten. Ich glaube nicht, dass Rachel ein Mensch war, der gewollt hätte, dass du jemanden umbringst, um sie zurückzubekommen?“ Mutig lege ich meine Hand um seine Pistole und halte sie ganz fest an meine linke Brust. „Du blutest“, mustere ich seinen Arm. „Das sollte sich mal jemand ansehen. Man bekommt immer Hilfe, wenn man sie möchte. Egal, wo man blutet.“

Er ist verwirrt, deshalb schweigt er. Im Hintergrund sehe ich, wie Christin und Dina aufspringen, geschockt von dem, was ich hier tue. Er merkt, dass meine Aufmerksamkeit für eine Sekunde woanders liegt, und will wissen, was der Grund dafür ist.

„Wie viele Gedanken ich daran schon verschwendet habe, was wohl passieren würde, wenn ich nicht mehr da wäre“, lenke ich ab.

Er hat die beiden vorhin nicht bemerkt, er dachte wohl, dass ich das Geräusch verursacht hätte.

„Nächtelang, habe ich mich das gefragt. Seltsamerweise kam ich immer auf dieselbe Antwort. Albert Einstein würde nun sagen, dass ich verrückt sei, immer etwas anderes zu erwarten, aber das Gleiche zu tun.“ Ich lache nervös. „Doch es würde rein gar nichts verändern. Rachel und Drake wären trotzdem tot. Nur weil ich dann nicht mehr da bin, heißt es nicht, dass sie wiederkommen. Und mein Schuldgefühl würde ich genauso mitnehmen wie du deines. Das wäre nicht einfach wie ein Blatt vom Baum gefallen. Versuch es, von meiner Seite zu betrachten, nur für einen Moment, Skip.“

„Ich werde dich erschießen!“, schluchzt er. Seine Hand zittert.

„Dann tu es!“ Die Kontrolle, die ich dachte, zu besitzen, entgleitet mir. „Wenn du meinst, mit dem Gewissen leben zu können, mir das Leben zu nehmen, dann tu es. Jetzt. Was die Leute wohl denken werden? Was Rachel davon halten würde? Du wirst dich genauso schuldig fühlen wie ich mich an ihrem Tod und wirst dir Fragen stellen, immer und immer wieder, auf die es keine Antwort gibt. Es wird dir dein Gewissen nicht erleichtern. Du hast Rachel nicht getötet. Ich habe sie nicht getötet. Der Mensch, der sie getötet hat, stellt sich wahrscheinlich nicht einmal diese Fragen. Denn die Person hat sich einen Dreck um sie geschert. Verstehst du. Aber dass wir so denken, ist ein Zeichen dafür, dass sie uns eben nicht egal war. Egal ist." Scheint so, als ob er mir nun endlich zuhört. Man merkt es immer an den Augen, wenn sich der Zugang zur Seele öffnet. Ich spüre, wie die Pistole langsam von meinem Herzen weicht.

Ein Schuss fällt. Mit zusammengekniffenen Augen sehe ich nicht sofort, dass Blut aus seinem Torso strömt. Skip sinkt zu Boden. Ich blicke um mich. Ohne dass ich es bemerkt hatte, sind plötzlich Notarzt und FBI vor Ort. Für einen kurzen Moment kommt in mir der Gedanke auf, dass er mich erschossen hat. Für eine Sekunde ist es absolut still in mir. Unheimlich still. Ich betrachte mich von oben bis unten. Skip blutet unaufhörlich.

„Skip? Skip? Komm schon, steh auf. Bleib wach, hörst du. Bleib wach." Ich knie neben ihm. Noch immer nicht wirklich realisierend, was passiert ist.

Dina und Christin kommen auf mich zu. Sie umarmen mich und beide sind froh, dass ich noch lebe. Ich halte sie so fest ich kann.

„Bitte helft ihm! Jetzt hilf ihm doch jemand!" Ich versuche, mit meinen Händen die Blutung zu stoppen.

„Alles gut, Katie, es wird ihm geholfen." Dina zieht mich weg und die Sanitäter eilen herbei.

„Das hätte ganz anders ausgehen können", meint Christin noch sehr geschockt.

„Ich weiß", sage ich unter Tränen, den Kontrollverlust noch tief in den Knochen sitzend.

„Ich bin stolz auf dich." Dina gibt mir einen Kuss auf die schweißnasse Stirn. Währenddessen wird Skip auf die Trage gelegt und ins Krankenhaus gebracht. Ein Sanitäter kommt herüber und möchte wissen, ob es uns allen gut geht. Er reicht mir ein Desinfektionstuch für meine Hände. Einheitlich nicken wir, ich erinnere mich an den Streifschuss an meinem rechten Arm.

„Vielleicht sollte man sich meinen Arm mal ansehen." Mit diesen Worten halte ich ihm emotionslos die Wunde entgegen.

„Dann fahren Sie am besten mit. Im Krankenhaus kann man sich besser um die Fraktur kümmern."

Auf dem Weg zum Hospital halte ich Skips Hand. Er hängt an einer Infusion, wird beatmet und die Sanitäter versuchen, die Blutung weiter zu stoppen. Einer von ihnen ist sichtlich verwundert, wieso ich das tue.

„Verzeihung, ich kann es nur nicht verstehen", sagt der junge Mann.

„Das wollen Sie auch gar nicht", sage ich trocken.

Das Wiedersehen

Im Krankenhaus angekommen, wird Skip direkt in den OP gebracht. Die Kugel hatte ihn ungünstig unterhalb der Rippe getroffen. Ob er sich selbst verletzt hat oder von einem der FBI-Agenten außer Kraft gesetzt wurde, weiß ich nicht. Ist mir im Moment auch vollkommen egal.

Eine Krankenpflegerin begleitet mich in ein Behandlungszimmer, während sich die anderen im Wartebereich eingefunden haben. Die Schwester reißt einen Teil meines T-Shirts auf, um besser an die Wunde zu kommen, und fängt an, sie zu desinfizieren. „Das wird jetzt erst mal ein bisschen wehtun", sagt sie.

„Schon in Ordnung", sage ich. Mit Schmerzen dieser Art kenne ich mich aus. Aber ich will nicht lügen, es brennt tatsächlich wie Hölle. Dennoch sind all meine Gedanken bei Skip. Ich hoffe, er schafft es.

Die Krankenpflegerin, die noch sehr jung ist, betrachtet meinen Arm genau. Deutlich ist die flächendeckende Brandnarbe zu sehen. Ihr scheint nun auch meine Narbe an der Stirn aufgefallen zu sein. „Sie sind Katie Smith, habe ich recht?", fragt sie.

Ein überlegter Gedanke meinerseits lässt mich zunächst schweigen. „Kenne ich Sie?", frage ich nach einer Weile.

Ein etwas müdes Lächeln geht über ihr Gesicht. Sie reinigt meinen Streifschuss zu Ende, dann streicht sie sich mit ihrem Handrücken die rote Haarsträhne aus dem Gesicht.

„Amy?" Eine Erinnerung klopft an meine Gedächtnistür.

Die Pflegerin hebt den Kopf und sieht mir in die Augen. „Ja", sagt sie.

Wir schweigen. Für einen solchen Moment gibt es nur wenige Worte, die passen könnten. Davon scheint mir keines einzufallen. „Verdammt noch mal, ich habe deinen Freund erschossen", sind die Worte, die am liebsten aus mir herauskommen würden. So unpassend das auch klingt. Ich bin die ganze Zeit so damit beschäftigt gewesen, meine eigenen Gedanken und Gefühle zu sortieren, dass es mich eine Ewigkeit gekostet hat, zu verstehen, dass es jemand anderem vielleicht genauso geht wie mir. Nicht für eine Sekunde habe ich in den letzten vier Jahren an Amy oder an Skip gedacht. Und mit einem Mal stehen beide vor mir.

„Wie geht es deiner Nase?", versuche ich, der Stille ein wenig Klang zu verleihen.

Amy lacht, „Danke, gut. Ich hatte seitdem keinen Fahrradunfall mehr."

Wir wissen beide, wie seltsam das hier ist. Uns verbindet, was uns gleichermaßen trennt. Ein schwieriger Grundstein oder eventuell der beste.

„Der Arzt wird sich gleich um deine Wunde kümmern", sagt sie.

„Okay", antworte ich.

Kurz bevor Amy das Zimmer verlässt, sagt sie: „Katie, ich verstehe nicht alles, aber es ist okay."

Ich bin schwer beeindruckt davon. „Mir tut es leid, was passiert ist. Das tut es wirklich", antworte ich. Worte, die Zukünftiges ebnen werden.

Sie versteht es. Sie versteht etwas, dass ich bis zu dem Moment, in dem ich Skip erschießen wollte, nicht ganz begreifen konnte. Amy hat viel früher als ich das gelernt, was Professor Franklin mir nahegelegt hat. Empathie und Verständnis für andere. Das Blatt zu wenden, heiß, die Perspektive des anderen zu sehen und zu versuchen, sie nachzuvollziehen. Wieso Menschen manchmal so handeln, wie sie es nun mal tun, um zu erkennen, dass keiner ohne Grund so ist, wie er ist. Professor Franklin wusste: Zur Ruhe kommt nur der, der die andere Seite nicht vergisst.

„Danke", ergänze ich.

„Ich hätte es vermutlich nicht anders lösen können", lächelt sie. Dann geht sie, einfach so.

In der Zwischenzeit hat Skip die erste Hälfte der Operation überstanden. Davon bekomme ich zunächst nichts mit. Der Arzt ist gerade dabei, sich meine Wunde anzusehen, um diese im Anschluss zu nähen. Nach ein paar Minuten bin ich bandagiert und bereit, das Hospital zu verlassen. Als ich im Wartebereich ankomme, erblicke ich dort Christin, Dina und Joe, die erwartungsvoll auf ihren Stühlen sitzen.

„Katie, wie geht es dir, ist alles gut?“, stürmen sie auf mich zu wie Kinder, die den Wagen des Eismanns entdeckt haben.

„Es geht schon“, sage ich, als wäre es nie anders gewesen.

Als wir Richtung Ausgang aufbrechen, verharre ich einen Moment. Dort auf dem Stuhl ganz in der Ecke des Wartebereichs sehe ich eine ältere Dame sitzen. Ihre Augen, ihre Mimik und Gestik – sie muss es sein. Mit verfilztem Hut und einer kleinen roséfarbenen Lederhandtasche wippt sie nervös mit ihren Beinen. Sie wartet darauf, zu ihrem Enkel zu gehen. Ich sehe sie an und weiß, sie hatte es nicht einfach, dass alles zu verstehen und ihm bei der Bewältigung zu helfen. Aber ich weiß sofort, sie wird ihn lieben bis zu ihrem letzten Atemzug – und darüber hinaus. Sie hat ihn mit ihrer ganzen Kraft, die sie noch aufbringen konnte, großgezogen und alles in ihrer Macht Stehende gegeben. Auch wenn sie mir fremd ist, freu ich mich, sie zu sehen. Es gibt einem ein gutes Gefühl, dass jemand auf ihn wartet.

„Katie? Hast du zugehört?“, fragt Dina.

„Was?“

„Der Arzt, Katie, er kam vorhin zu uns und meinte, dass er nur Familienmitgliedern Auskunft geben dürfe. Aber wir konnten ihn überreden“, sagt Joe.

„Er hat es so weit gut überstanden“, sagt Christin.

Ich schmunzle und nicke. „Gut. Kann ich zu ihm?“, frage ich.

„Nein, das geht nicht“, kommt Mia aus einer Ecke hervor. „Erst müssen die Ermittlungen gegen ihn abgeschlossen werden. Außerdem haben wir immer noch den Auftrag, euch zu beschützen. Was mal wieder nur halb gelungen ist“, gesteht sie.

Wie die anderen Male auch ist ein Nein keine akzeptable Antwort für mich. „Das wird sie“, denke ich, „schon wissen.“

„Lasst uns gehen“, sagt Christin, um eine weitere Diskussion mit Mia zu vermeiden.

Als wir durch den Ausgang marschieren, spricht der Arzt mit Skips Großmutter und begleitet sie dann auf dem Weg zur Intensivstation. Skip wird nicht allein sein, wenn er aufwacht. Genauso soll es sein. Mit Rachel im Herzen wird er sowieso nie allein sein. Das ist gerade der größte Trost für mich. Ebenso wie Drake immer einen Platz in Amys Herzen haben wird, die mir gerade zum Abschied noch einmal winkt.

Der Brief

Es stellt sich heraus, dass es sich deutlich besser schläft, wenn man weiß, dass man das Richtige getan hat und sich somit selbst ein bisschen weniger verachtet. Mia ist immer noch der Meinung, dass wir das Land verlassen sollten. Weder Skip noch dieser verrückte Wissenschaftler Peter Firestone, der im Knast sitzt, sind eine Gefahr für uns. Jedoch will Mia kein Wagnis mehr eingehen. Sie will aber damit warten, bis ich wieder einen Handstand machen kann. Was ich zwar noch nie konnte, aber egal. Bis zu unserer endgültigen Abreise bleiben wir in der Upper East Side von New York.

An einem Morgen wenige Tage später öffne ich die Tür des Apartments, um die frische Milch zu holen, die man uns jeden Morgen hinstellt. Da sehe ich auf dem etwas strohig wirkenden Fußabtreter einen Brief. Geduldig scheint er dort auf die richtige Person zu warten. Keine Adresse oder Stempel der Post ist darauf zu sehen, lediglich der Name *Nemo*. Dieser ist mit etwas zittriger Hand auf den Umschlag geschrieben worden und einem Stift, dem es am Ende an Puste fehlte. Als ich den Brief öffne, erblicke ich folgende Worte:

Sehr geehrte Familie Nemo,

es ist uns eine Ehre, Sie recht herzlich zur Ehrenfeier der Stadt New York, NY USA, einzuladen, um Sie aufgrund Ihrer Verdienste um die Stadt und unser Land zu Ehrenbürgern zu ernennen. Ihr Engagement und Ihre Aufopferung für das Wohl der Bürger der Vereinigten Staaten sowie für die Stadt New York verdienen den allerhöchsten Respekt und große Anerkennung.

Am 12. Oktober 2018
Liberty Island, NY
14:00 Uhr

(Es wird eine Sonderfahrt der Fähre bezüglich dieses Anlasses geben. Abfahrt 13:30 Uhr, Staten Island Ferry 4 Whitehall St, New York, NY 10004, USA)

Mit den aller besten Grüßen,
Bill de Blasio   / Bürgermeister
Mia Thomas / FBI Direktorin

(Bitte geben Sie Rückmeldung unter dieser Nummer: 917- 555-84873)

„Was?", sage ich. Mia möchte uns aus dem Land schaffen und nun sollen wir nach Liberty Island? Das scheint mit mehr als unlogisch. Ob das Ganze ein Fake ist? Ein ungutes Gefühl mach sich in mir breit. Liberty Island, das Areal, an dem alles sein Ende nahm und der Drang nach Freiheit eine andere Bezeichnung hatte.

Ich schnappe mir die Milch und gehe wieder rein. Christin halte ich den Brief direkt vor die Nase und setzte mich zu ihr auf das Sofa.

„Wo kommt das Schreiben auf einmal her?", fragt sie.

„Er lag vor der Tür", antworte ich.

„Mia muss ihn hier abgelegt haben."

„Glaubst du?", frage ich.

„Natürlich. Sie ist diejenige, die uns hier untergebracht hat. Keiner sonst weiß, wo wir wohnen. Wer sollte es sonst sein?", fragt Christin zurück.

Ich zucke mit einer Schulter, da die andere bei Bewegung noch zu sehr schmerzt. „Also, werden wir hingehen?", horche ich nach.

Christin ist skeptisch. Sie weiß, wie schwer das wird. Sie zögert und nickt. Dann streicht sie mir durch das Haar, „Das werden wir."

„Na gut, dann zeig ich den Brief mal den anderen", sage ich.

Gerade als ich in das Zimmer von Dina gehen will, fällt mir etwas ein. „Glaubst du, sie werden auch etwas über Mom und Dad sagen?"

„Ich bin mir sicher, sie werden über einige Menschen etwas sagen. Auch über Mom und Dad vermutlich", sagt sie.

Nickend gehe ich weiter.

Als ich Dina und Joe den Brief zeige, sind sie ähnlich wie ich etwas sprachlos.

„Was ist mit Glen? Er sitzt immer noch in Untersuchungshaft“, sagt Joe wütend. In seinen Augen sieht man klar, wie enttäuscht er von seinem Bruder ist. Er schämt sich dafür, was er getan hat. Vor ein paar Tagen hat er mir das gestanden, als wir für einen Moment allein waren.

„Nicht nur Glen ist es, der fehlt“, füge ich hinzu.

„Was? Du willst ernsthaft sagen, dass Skip dazugehört?“, fragt Joe.

Dina und ich sehen uns an. Es ist dieser bestimmte Blick, den man nur mit seiner engsten Freundin tauscht. Wo keine Worte gebraucht werden und man genau weiß, was der andere denkt. Eine Sekunde, in der sich die Energien miteinander verbinden, eins werden.

„Ich finde auch, dass Skip dabei sein sollte“, meint Dina.

Ich schmunzle.

Sie schmunzelt.

„Das ist doch nicht euer Ernst? Weder Christin und schon gar nicht Mia werden das zulassen. Vergesst es! Ich bin raus aus eurem Plan.“ Joe verlässt das Zimmer.

„Glaubst du wirklich, dass das gut ist, Katie?“

„Ja, das ist es. Joe hat schon recht, es wird nicht einfach. Aber ich finde es fair.“

„Du kannst noch immer nicht loslassen, habe ich recht?“

„Nein, es … das ist es nicht“, sage ich. So sehr ich es mir wünsche, aber es ist noch nicht vorbei.

„Weißt du, Katie, die Sache mit Rachel hat mich sehr lange beschäftigt. Aber ich habe gemerkt, dass es dasselbe ist wie mit meinem Dad damals. Umso mehr ich dagegen ankämpfe, umso schlimmer wird es. Deshalb wird es schon einen Grund geben, weshalb Rachel und auch Drake gestorben sind. Irgendwann akzeptiert man es einfach. Dafür bin ich dankbar, dass ich das so schnell konnte. Andere haben nicht so viel Glück. Sie kämpfen. Genau wie du.“

„Nun ja … “, fehlen mir die Worte.

„Ich will damit nur sagen, dass sowohl Joe als auch Christin es irgendwann verstehen werden, was du die ganze Zeit über versuchst. Hör nicht auf damit.“ Sie streichelt meine Hand und verlässt ebenfalls das Zimmer.

Die Chance

Die Uhr schlägt sechs, als ich wach in meinem Bett liege und noch immer über Dinas Worte nachdenke. So viel Weisheit hätte ihr früher keiner zugetraut.

Wie faszinierend es ist, wenn dein Körper schwach und müde ist, aber genau dann der Kopf meint, ein Rummelplatz sein zu müssen, der alle Fahrgeschäfte mehrfach testen möchte. Der Tag der Ehrenfeier rückt immer näher und ich weiß nach wie vor nicht, was ich tun soll. Mein Gefühl sagt mir, ich sollte Skip besuchen. Allerdings fällt es mir sichtlich schwer, dieses Vorhaben umzusetzen. Vielleicht will er mich nicht sehen. Eventuell ist es besser, ihn zu meiden. Auch Glen sollte diese Chance bekommen. Aber ein Krisengespräch nach dem anderen.

Ich stehe auf, da mir das alles sowieso keine Ruhe lässt, und mache mir in der Küche eine heiße Schokolade.

„Gut, dass du wach bist", sagt Christin, die im Micky Mouse Pyjama in die Küche kommt. „Wir haben in zwei Stunden einen Termin im Krankenhaus."

„Einen Termin?"

„Deine Fäden werden gezogen. Das habe ich vergessen, dir gestern zu sagen."

Weiter rühre ich das Kakaopulver in die Milch, bis es sich schließlich auflöst. „In zwei Stunden also?", frage ich, um sicherzugehen.

„Ja", antwortet Christin.

Da ist sie nun meine Chance, nach der ich nur noch greifen muss. Als scheint das Universum mir meinen Entschluss erleichtern zu wollen. Danke.

Sehr nervös setze ich mich zur verabredeten Zeit in das vom FBI geschickte Fahrzeug. Christin scheint nicht an Skip zu denken. Ich habe nie damit aufgehört.

Skip

Im Wartebereich des Krankenhauses komme ich mir immer vor, als würde ich den Vorspann einer Folge *Grey's Anatomy* erleben. Minütlich kommen größere und kleinere Notfälle an: Paare, die sich um ihr krankes Kind sorgen. Obdachlose mit Überdosis, die in der Klinik ein besseres Leben führen als im Dschungel der Großstadt. Brandopfer, Herzinfarkte, Chemotherapien, an diesem Platz kämpfen sie alle um das Gleiche. Hier spielt es keine Rolle, wer du draußen bist, sondern nur, wer du bist, wenn du diesen Ort verlässt. Der eine vielleicht ein bisschen schlauer, ein bisschen dankbarer für jeden gesunden Tag. Eventuell aber auch etwas verlorener und mit seinem Schicksal allein gelassen. Nach dem Motto: „Ob das Leben einen eigentlich verarschen möchte."

Christin sitzt neben mir und entdeckt in der Zeitung einen Bericht über uns. Es geht um die Ehrenfeier, die in drei Tagen stattfinden soll. Erwähnt wird auch, wieso wir diese Auszeichnung angeblich verdient haben. Dass wir trotz unseres schweren Schicksals, ohne Eltern aufzuwachsen, wie Phönix aus der Asche gestiegen sind und das zu Ende gebracht haben, was unser Dad angefangen hatte. Christin schüttelt den Kopf.

„Was für ein Geschwafel", denkt sie laut und ist kurz erschrocken, ob das wohl jemand außer mir vernommen hat.

Eine Schwester kommt auf mich zu. „Keine Sorge, Ms. Smith, Sie sind gleich an der Reihe", lächelt die Schwester, als sei dies heute ein ruhiger Tag. *Gleich* ist in bei Ärzten ein dehnbarer Begriff. Es dauert eine weitere halbe Stunde, bis sie mich in das Zimmer des Arztes bittet. Die Krankenschwester bereitet alles vor. Öffnet meine Bandage, säubert die Wunde und legt Schere und einen neuen Verband bereit. Der Doktor klebt schließlich ein großes Pflaster auf meinen Arm und wickelt sehr behutsam die neue Binde darüber. Das Ziehen der Fäden war angenehmer, als ich gedacht hatte. Alle zwei Tage soll ich das Pflaster austauschen, er drückt mir gleich eine ganze Packung davon in die Hand. Es piepst in seiner Hosentaschen – der Arzt und die Schwester stürmen schneller aus dem Zimmer heraus als Schüler nach dem Unterricht.

Ohne von Christin entdeckt zu werden, schleiche ich mich aus dem Zimmer, sie scheint immer noch sehr beschäftigt mit dem Artikel zu sein.

Das Hospital ist sehr groß, es würde ewig dauern, Amy zu finden. Also suche ich das Gespräch mit der mir entgegenkommenden Schwester, die zu meinem Glück wohl die Oberschwester ist.

„Verzeihung, können Sie mir sagen, wo ich Amy finde?", frage ich höflich.

„Amy wer? Ist sie eine Patientin?"

„Nein, sie arbeitet hier."

„Schätzchen, hier arbeiten fünf Frauen mit dem Namen Amy. Ich brauch einen Nachnamen."

„Den kenn ich nicht", sage ich. Ich bin enttäuscht darüber, nicht einmal den ganzen Namen einer Person zu kennen, mit der ich ein großes Kapitel meines Lebens verbinde. „Sie hat lange lockig rote Haare. Ist groß und sehr schlank", versuche ich, meine Amy zu beschreiben.

„Das müsste unsere Miss Sunshine sein", wirft eine andere Schwester ein. „Amy Collins arbeitet heute auf Station 8, das ist im 3. Stock."

„Danke", grinse ich und laufe zügig zum Aufzug.

Auf der Station angekommen, sehe ich Amy bereits von Weitem, wie sie schmutzige Bettwäsche in einen Wäschewagen legt. Ich gehe auf sie zu. „Hey, Amy."

„Hey, Katie, was machst du denn hier?"

„Mir wurden heute die Fäden gezogen."

„Stimmt ja. Wie geht es dir?", will sie wissen.

„Gut. Aber das ist nicht der einzige Grund, wieso ich hier bin. Vermutlich habe ich auch nicht viel Zeit, bis meine Schwester merkt, dass ich schon fertig bin. Oder der Typ vom FBI, der uns hergebracht hat."

„Was ist denn los?"

„Ich wollte fragen, ob du es hinbekommen könntest, dass ich mit Skip reden kann." Amy sieht mich fragend an. „Er ist derjenige, der mit mir zusammen hier eingeliefert wurde, wegen einer Schussverletzung."

„Du redest von Skip Martin?“

„Ja genau. Skip Martin. Kann ich ihn sehen?“

„So eine Frau war hier. Sie hieß Tomann oder so ähnlich. Sie hat uns strengstens verboten, dir Zugang zu gewähren.“

Mia hat es also tatsächlich geahnt, dass ich es versuchen werde, ihn zu besuchen. „Bitte, Amy, es ist sehr wichtig.“

„Wieso willst du mit jemandem reden, der dich fast umgebracht hat?“, fragt sie.

„Aus dem gleichen Grund, aus dem du mit mir redest“, antworte ich.

Amys Augen werden glasig. Dann muss sie tief einatmen.

„Lass mich zu ihm“, bitte ich.

Amy nickt und zusammen machen wir uns auf den Weg. Mit dem Fahrstuhl geht es noch eine Etage höher.

„Skip liegt im 4. Stock in Zimmer 2. Dort drüben“, sagt Amy und zeigt auf sein Zimmer.

Seine Unterkunft sei ein etwas verstecktes kleiner Raum. Dort lägen meistens Patienten, die anschließend ins Gefängnis gebracht würden. Die Tür könne man von innen nicht öffnen. Im Aufzug hatte Amy genug Zeit gehabt, mit dies zu erklären.

Bevor ich die Pforte öffne, sehe ich mich noch einmal um. Ich will Amy nicht in Schwierigkeiten bringen, bestimmt ist es aber bereits passiert.

„Geh schon“, winkt sie mich hinein. Ein Schmunzeln kann sie sich dabei nicht verkneifen. Ich bete dafür, dass Skip wach ist und er mit sich reden lässt.

Ganz vorsichtig öffne ich die Zimmertür.

„Wer ist da?“, fragt er.

„Ich bin es, Katie“, sage ich mit bebender Stimme.

„Katie?“, fragt er.

„Darf ich reinkommen?“, frage ich.

„Ja“, sagt er.

Leise wie ein Kind, das auf den Weihnachtsmann wartet, lasse ich den Türgriff in den Riegel fallen. Einen Augenblick verharre ich hier, da ich nun weiß, dass ich so schnell nicht mehr hier raus kann. Unsicher, wie und wo ich mich hinstellen soll, stehe ich wie ein Knicklicht zwischen Tür und Bett. Für eine Ewigkeit starren wir uns an. Sprechen fällt schwer. Besonders in Situationen, in denen ein ganzer Wortschatz nicht ausreicht, um zu beschreiben, was in einem vorgeht. Völlig unkontrolliert kullern Tränen aus mir heraus. Tränen, die zeigen, wie viele Nerven das hier kostet.

„Ich weiß, es ist schwer, hier zu sein", sagt Skip plötzlich in die Stille hinein. Seine Augen füllen sich mit Tränen. Einem Staudamm gleich. „Wieso hast du mich nicht erschossen, als du die Möglichkeit hattest?", will er wissen.

„Das ist kompliziert", sage ich.

„Ich habe dich leiden lassen und wollte, dass du stirbst. Daran ist nichts kompliziert. Ich hätte es verdient."

„Wolltest du wirklich, dass ich sterbe?"

„Keine Ahnung."

Ich schiebe einen Stuhl, der an einem kleinen Tisch steht, ans Bett und verfrachte meinen Allerwertesten darauf.

„Es ist schon merkwürdig, ich habe euch alle immer beneidet. Dafür, dass ihr die Chance bekommen habt, Rachel kennenzulernen. Zu wissen, wer sie ist, worüber sie am liebsten lacht oder was sie zum Weinen gebracht hat. Welche Farbe sie am liebsten mochte oder welche Charaktereigenschaft ihre beste war. Mit allen schrägen Marotten war es euch möglich, Rachel schätzen zu lernen. Vielleicht hat sie die ein oder anderen Dinge auch als Geheimnis für sich bewahrt. Welche Träume sie für ihr Leben mit sich trug oder welche Ängste. Zu wessen Lieblingslied sie in der Dusche tanzte. Vielleicht wäre ihr das peinlich gewesen, wenn sie das gewusst hätte", führe ich aus und wir beide schmunzeln. „Oft habe ich mich das gefragt. Mit dem Wissen, dass ich sie niemals so kennen werde. Ich wünschte, ich hätte es gekonnt. Häufig denke ich daran, wie sie mich angesprochen hat, ganz ohne Vorurteile oder daran zu denken, dass ich vielleicht anders bin. Man hat in ihren Augen gesehen, dass sie ein guter Mensch war. Ja, wirklich. Von der Sekunde, wo man uns verfolgte, war nichts wie zuvor. Keiner wusste, was richtig oder falsch war. Wir haben nur funktioniert, ohne über das Handeln nachzudenken. Dazu blieb auch keine Energie. Die ganze Zeit über dachte ich, dass ich schuld sei. Daran, dass sie tot ist. Dass ich euch allen eine gute Freundin genommen habe. Das lässt mich nicht los. Ich hatte kein großes Problem damit, anderen zu verzeihen. Der Typ, der Rachel erschossen hat, dem habe ich verziehen.

Die Leute, die meine Eltern umgebracht haben, denen habe ich auch verziehen. Dass Drake tot ist, meinetwegen, das habe ich mir nicht verziehen. Dass Rachel es besser ergangen wäre ohne mich. Das habe ich mir auch nicht verziehen. Als ich dich erschießen wollte, habe ich Rachel gesehen und dann dachte ich, wenn ich das tue, helfe ich dir nicht und mir auch nicht. Ich würde wieder jemandem das Leben nehmen, den ich eigentlich nicht kenne. In all dem Schmerz vergisst man schnell, dass es anderen vielleicht auch nicht gut geht damit. Als ich dich gesehen habe, wie du handelst und sprichst, habe ich mich selbst in dir gesehen. Ich wäre nicht hier, wenn ich dir nicht verzeihen würde, Skip. Ich verzeihe dir. Die Kunst ist nur, dass du dir auch verzeihen musst. Und ich mir. "

Skip schweigt ... und weint. Dann greift er nach meiner Hand. „Rachels Lieblingsfarbe war braun. Sie meinte immer, dass fast alles, was braun ist, gut für sie sei. Schokolade, Hundewelpen, Kaffee und ich", grinst er. „Sie war der freundlichste Mensch, den ich kannte. So gutmütig und liebevoll. Durch sie wusste ich, ich kann alles schaffen. Mein Gott, habe ich sich geliebt. Sie hat immer ihre Lippen bewegt, wenn sie leise gelesen hat, oder gesabbert und geredet im Schlaf. Das hört sich schräg an, aber dadurch liebte ich sie nur noch mehr. Lange habe ich mit genauso schuldig wie du gefühlt. Dass, wenn wir nicht an der Tankstelle vorbei wären, sie noch hier wäre. Dass es mein Fehler war. Als ich Rachel in deinen Armen sah, wollte ich nur weg. Ich wollte sterben. Das habe ich auch versucht. Ich hatte das Messer bereits in der Hand. Aber dann dachte ich daran, wieso wir von der Party weg sind. Und du bist mir in den Sinn gekommen. Von da an habe ich dir die Schuld gegeben. Ich wusste nicht, dass es dir gleich ergeht wie mir. Ich vermisse sie so sehr", sagt er und drückt ganz fest meine Hand und ich seine. „Es tut mir leid."

Die Tür geht auf. „Miss Smith, es ist Ihnen nicht gestattet, hier zu sein", sagt der FBI-Agent, der uns hergefahren hat, packt mich am Arm und bringt mich nach draußen.

„Lasst sie los", ruft Skip uns hinterher.

„Sie haben das Recht, zu schweigen, Mr. Martin", droht der Agent sofort.

Durch das ganze Krankenhaus werde ich wie eine Schwerverbrecherin begleitet. Draußen erwartet mich bereits meine Moralpredigerin

„Katie, ich habe mir Sorgen gemacht. Was hast du dort zu suchen? Er ist gefährlich!“, regt sich Christin auf.

„Das ist er nicht. Ganz im Gegenteil! Mit ihm zu reden, war hilfreicher als das, was ihr hier getan habt.“

„Dass, was er getan hat, ist nicht zu entschuldigen.“

„Doch, genau das ist es. Ich verzeihe ihm. Er ist mir nichts schuldig.“

„Er hat Sie entführt und in Lebensgefahr gebracht. Dafür wird er sehr lange einsitzen“, mischt sich der Agent ungefragt ein.

„Jetzt reicht es mir, ich will Mia sprechen. Auf der Stelle! Ich lass mich nicht länger wie eine Gefangene behandeln!“, brülle ich und reiße mich aus dem Griff des Agenten.

„Beruhigen Sie sich, Miss Smith!“

„Nein, das werde ich nicht!“, sage ich energisch und setze mich in den Wagen. Auf mehrfaches Drängen meinerseits sind wir nun auf dem Weg zu Mias Büro.

Das Gespräch

„Würden Sie mich bitte mit Ms. Smith allein lassen", sagt Mia, als wir bei ihr ankommen. „Auch du, Christin."

„Aber … ich."

„Ich bitte dich", sagt Mia mit Nachdruck.

Christin verlässt den Raum und schließt die Türe.

„Dann leg los. Du hast meine ungeteilte Aufmerksamkeit", sagt Mia zu mir.

Ich erkläre ihr alles. Welche Gefühle ich mit mir trug … und manche immer noch trage. Wieso ich sie darum bitte, Skip zu verstehen und nicht vor Gericht zu zerren. Weshalb ich mit Glen sprechen muss und er ebenfalls eine neue Chance bekommen sollte. Damit auch Joe und Christin sich wieder ohne Hintergedanken in die Augen sehen können. Ohne diese Distanz zu spüren.

„Sie reden nur das Nötigste miteinander", sage ich.

„Trotz der Tatsache, dass er Christin beim Stehlen einer Waffe geholfen hat?", fragt sie.

„Hier geht es nicht mehr darum, wer wem nützlich war. Es geht um Familie", sage ich. Im Stillen denke ich: „Weshalb Dina die Einzige ist, die einem immer Hoffnung schenkt, und uns als Einzige gerade zusammenhält wie der letzte Faden eines Hosenknopfs. Weshalb ich Skip bis auf ein Parkhausdach verfolgte, ihn am Leben ließ … und er mich."

Und ich bitte Mia, sie alle an dieser Ehrung teilhaben zu lassen und bei jeder weiteren Entscheidung Rücksicht darauf zu nehmen.

Mia schüttelt mit dem Kopf. „Ich kann niemanden von Gesetzen befreien. Auch nicht vor Sanktionen schützen, die für alle gelten. Aber ich kann das aufschieben und das Inkrafttreten auf einen späteren Zeitpunkt verschieben. Ich denke, es wird möglich sein, deiner Bitte nachzugeben. Versprechen kann ich trotzdem nichts. Das muss von ganz oben abgesegnet werden."

„Ich danke dir für deine Mühe. Kann ich … kann ich dich um noch etwas bitten? Es geht um mich." Nervös wippe ich auf meinem Stuhl hin und her.

„Ich höre", sagt Mia erwartungsvoll.

Dann bespreche ich etwas mit Mia, dass mir seit einer Weile durch meinen Kopf geistert. Sie ist erstaunt über diese Idee, kann sie aber durchaus nachvollziehen. „Würdest du mir helfen?", frage ich.

„Natürlich. Das ist der Hauptteil meiner Aufgabe. Das ist eine sehr mutige Lösung", meint sie respektvoll.

Erleichterter verlasse ich das Büro. Christin sitzt bereits auf heißen Kohlen und kann ihre Neugier nicht verstecken. Kein Wort über diese mutige Lösung kommt jedoch über meine Lippen. Weil es besser so ist ...

Auf ein Wiedersehen

Seit fast drei Wochen sitzt Glen in Untersuchungshaft. Genug Zeit für jemanden, der selbst wahrscheinlich nicht mal genau weiß, wieso das alles passiert. Auf meine Frage, wie es Glen geht, sagte Mia, dass er mir dies vermutlich selbst mitteilen möchte.

Am 11. Oktober, einen Tag vor der Ehrung, besuche ich ihn. Allein. Ohne Christin als überwachenden Anhang, ohne Joe, der seinen Bruder mit Sicherheit auch gerne gesehen hätte. Nur ich und die Hoffnung, dass Glen die Stärke hat, mit mir zu sprechen.

Das Fahrzeug hält an der Gefängnispforte, der Agent Ron redet kurz mit dem Beamten, dann werden wir eingelassen. Ich steige aus dem Wagen und gehen zum Empfang.

„Hallo. Ich bin Katie Smith."

„Sie werden schon erwartet, Miss Smith", sagt der Polizist freundlich. Er und ich gehen einen langen Korridor entlang. Viel Bewegung scheint nicht auf seinem Dienstplan zu stehen. Etwas schwerfällig watschelt er vorneweg. Vorbei an Gefängniszellen, die so schnell nicht mehr aufgehen werden. Schlüssel klieren, diese schließen den Besucherraum auf, in dem Glen schon auf mich wartet. Mit gemischten Gefühlen betrete ich den Saal.

„Hey", sage ich.

„Hallo", sagt er.

„Kann ich mich setzen?", frage ich.

„Ja, bitte", antwortet er. Nervös reibt er sich die Hände, seine Augen wandern vom Tisch in meine Richtung und dann wieder zum Tisch zurück. Glen mustert mich von oben bis unten. Dieser besondere Funke zwischen uns, ich habe ihn nicht vergessen.

„Glen, ich … ich will, dass du weißt, dass …"

„Nein, Katie, bevor du irgendetwas sagst, möchte ich dir etwas sagen", unterbricht er.

Damit hatte ich nicht gerechnet. „Klar", sage ich.

„All die Zeit, die vergangen ist, hat mich nicht weitergebracht. Als ich dir damals helfen wollte, den Code der Kette zu entschlüsseln, habe ich das nur getan, weil ich dich mochte. Ich wollte Zeit mit dir verbringen. Dann ist das auf der Brücke passiert." Glen schweigt für den Moment. „Ich habe nicht nur Erinnerungen, sondern auch mich selbst verloren, Katie. Dinge aufgegeben für dich, weil ich Gefühle für dich hege."

„Ich verstehe. Du gibst mir die Schuld, für das, was war."

„Nein. Ich gebe mir selbst die Schuld, dass ich es so weit habe kommen lassen. Mich für jemanden zu opfern, von dem ich nicht weiß, ob diese Person das Gleiche für mich getan hätte. Für dich bin ich nur ein Freund. Für mich warst du der Grund, die Antwort auf so vieles. Auf meine Selbstzweifel. Aber ich kann das nicht mehr. Ich muss nach mir selbst schauen und nach Joe. Ich komme nicht zur Ehrung. Auch wenn ich weiß, wie viel dir das bedeutet. Mia hat mich bereits gefragt und ich habe Nein gesagt."

„Sekunde, sie hat mich hierhergelassen, obwohl sie deine Antwort kannte?", frage ich.

„Ja. Das war so abgemacht. Ich werde für das, was ich getan habe, geradestehen und meine Zeit hier absitzen, bis ich wieder raus darf. Ich glaube, das wird mir helfen. Aber so weiterzuleben wie bisher, hilft mir nicht", sagt er.

Anders als erwartet, überrascht mich Glen. Er hat seine Zeit hier sinnvoll genutzt. Lange schweige ich. Platt wie ein Pfannkuchen sitze ich da. Eine starke Erinnerung huscht durch meinen Kopf, ich schmunzle. „Ich weiß noch, als wir uns am Saint Mary's getroffen haben. Es war, glaube ich, nur einen Tag nach Rachels Tod. Wir sind durch den Park gelaufen und haben uns über den Code unterhalten. Ich war beeindruckt von dir. Wie schnell du etwas herausgefunden hattest. Auch wenn es nicht viel war. Das war das erste Mal, dass wir beide allein waren." Ich kann ein kleines Lächeln aus ihm herauskitzeln. „Irgendwann sind wir dann wieder in die Richtung Ausgang gelaufen. Noch eine ganze Weile standen wir am Parktor. Die meiste Zeit hat keiner etwas gesagt. Trotzdem kamst du so selbstbewusst rüber. Ganz anderes, als wenn wir mit den anderen unterwegs waren. Das, denke ich, ist auch heute noch so. Ich habe das immer sehr genossen, damals wie jetzt. Ich konnte dir blind vertrauen. Du hast mich immer unterstützt." Bei diesen Worten senke ich den Kopf. „Du hast mir immer das Gefühl gegeben, sicher und geborgen zu sein. Als ich gemerkt habe, dass du mit Skip unter einer Decke steckst, tat das weh." Ich male mit dem Zeigefinger Linien auf die Tischplatte. Das Leuchten in seinen Augen nimmt ab. „Ausgerechnet deshalb wollte ich verstehen, welche Gründe du dafür hattest. Aber die wirst du mir, denke ich, nicht verraten. Ich gehe davon aus, dass es deine Zweifel waren. An dir. An uns. An allem. Aber dass du hinterfragst und dir nicht sicher bist, ob ich das Gleiche für dich aufgeben würde, schmerzt viel mehr. Für mich bist du anders, Glen. Nicht nur ein Freund. Etwas Einzigartiges, Besonderes." Ich beende die Tischschmiererei, stehe auf und versuche mit schmerzendem Kiefer, meine Tränen zu unterdrücken.

Ruckartig erhebt Glen sich. Gezielt steuert er auf mich zu. Schmiegt seine sanften Hände um die Konturen meines Gesichts und legt zart seine Lippen auf meine. Es fühlt sich an wie der Anblick eines Feuerwerks. Ich will mehr davon.

Noch bevor ich mich völlig in seinen Armen verliere, stoße ich ihn weg. Als wäre dies ein Todeskuss, der alles nur schlimmer macht.

„Es tut mir leid", sagt er. „Mir auch", sage ich.

Ohne weitere Worte oder Gesten verlass ich den Raum. Ich will hier weg, so schnell wie irgendwie möglich.

„Auf Wiedersehen, Miss Smith", winkt mir der Beamte nach, der mich hineingelassen hat.

Fluchtartig verlasse ich die Haftanstalt. Am Auto wartet bereits Ron. Ein großer und muskulöser Typ, dessen hellblaues Hemd bei jeder Bewegung reißen könnte. Er öffnet mir die Tür. Ich steige ein und er fährt los. Mit meiner Zunge streiche ich über meine Unterlippe, um den letzten Rest von ihm zu spüren. Für eine lange Zeit das letzte Mal. Auf Wiedersehen, Glen.

Ein letztes Mal

Ich bitte Ron, diesen Vin-Diesel-Abklatsch, mich zum Hafen zu fahren.

„Das ist mir nur mit der Zustimmung von Ms. Thomas gestattet, Miss.“

Ich verdrehe die Augen. „Es reicht“, murmle ich, nehme meine Tasche und öffne die Wagentür. Das Auto bremst. Wie dämlich, dass diese überhaupt offen ist. Ich steige aus.

„Miss Smith, kommen Sie zurück! Das dürfen Sie nicht“, bittet Ron.

„Taxi!“, rufe ich.

Nun steigt auch er aus.

„Wissen Sie was. Sie haben recht. Ich darf das nicht. Doch Sie dürfen gerne raten, was ich jetzt tun werde.“

„Miss Smith, bitte“, versucht er es noch einmal.

Kurz bevor er mich packen kann, hält ein Cap direkt vor mir. „Bestellen sie Ms. Thomas einen Gruß von mir.“ Ich steige in das Taxi ein, das auch sofort losfährt.

„Zum Hafen bitte.“

„Sehr gerne“, sagt der Taxifahrer.

Völlig in Gedanken bemerke ich zuerst nicht, dass mich die Augen des Mannes mustern. Mein Blick wandert durch die Straßen, vorbei an Baustellen, armen Menschen, die mit ihrem treuen Freund auf ein Wunder warten. Vorbei an riesigen strahlenden Werbetafeln, die aufmerksam machen auf Unterwäsche oder das neue iPhone. Über Gullydeckel, auch denen der Fog der Großstadt steigt. Auf der anderen Seite der Mann, der versucht, Blumen zu verkaufen, und sich gerade über einen zu schnellen Fahrradkurier aufregt. Das kontroverse Bild einer Stadt, das die Welt kennt.

„Sie wollen bestimmt nach Liberty Island“, bricht mein Fahrer die schweigende Wand.

„Nicht ganz“, sage ich zögernd.

„Dahin habe ich Sie schon einmal gefahren. Mit ihren Freunden“, sagt er grinsend.

„Bitte, was?“, frage ich.

„War sie dort? Die Formel?“, stellt er die Gegenfrage.

Ich grinse, „Sie sind der Taxifahrer, den wir damals angehalten haben, oder?“

„Jap, der bin ich. Ach, und ich war auch der Fahrer, der Sie damals mit Ihrem Hund ins Hospital gefahren hat.“

„Wow, dass Sie sich daran noch erinnern können.“

„Das werde ich nie vergessen. Gut sehen Sie aus. So erwachsen.“ Danke“, sage ich ein wenig verlegen.

„Ich muss Ihnen danken. Sie haben mir damals geholfen, wieder mit meiner Frau zusammenzukommen.“

„Das freut mich. Aber wieso habe ich Ihnen dabei geholfen?“

„Es war wirklich beeindruckend, wie Sie um Ihren Hund gekämpft haben. Oder auch mit Ihren Freunden wegen diesem Ding da. Das hat mir gezeigt, dass es sich immer lohnt, zu kämpfen für das, was man nicht verlieren will.“

„Dankeschön. Nur manchmal kämpft man und verliert trotzdem. So ist das eben. Spike, mein Hund, der hat es damals nicht geschafft.“

„Oh, das tut mir leid.“

„Schon gut, ihm geht es bestimmt super dort, wo er jetzt auch ist“, nicke ich.

„Aber das heißt nicht, dass sich das Kämpfen nicht gelohnt hat. Das Ziel hat sich lediglich verändert“, meint er.

Der Taxifahrer hat sich in den Jahren auch verändert. Er schwitz nicht mehr ganz so viel und scheint deutlich besser atmen zu können in seiner Kleidung. Lediglich das Taxi ist dieselbe gelbe Schrottkiste, die sicherlich eher auf den Autofriedhof gehörte als auf die Straße.

Am Battery Park vorbei erreichen wir den Hafen. „Was schulde ich Ihnen?“

„Überhaupt nichts. Diese Fahrt geht aufs Haus. All die Zeit habe ich gehofft, Ihnen noch mal zu begegnen und Ihnen dafür zu danken.“

„Ich hoffe, Sie geben nie auf, zu kämpfen.“

„Niemals mehr, Baby.“

„Dankeschön.“

„Danke auch.“

Ich schließe die Türe der gelben Karre und mein Fahrer braust davon. Winkend streckt er seine Hand aus dem Fenster.

Ich laufe in Richtung Hudson River. Noch immer mit den Worten des Taxifahrers beschäftigt, aber auch mit denen, die gerade im Gefängnis durch den Raum halten. Ich bleibe stehen. Glens Worte stechen. Es wird mir klar, dass er recht hat. Ich war ihm auf eine Art und Weise sympathisch, die ich durch all die Umstände nicht entgegnen konnte. Bis jetzt. Ausgerechnet in dem Moment, in dem ich bereit bin und den Mut habe, mir das einzugestehen, entgleitet er mir. Denn ich weiß jetzt, dass er etwas Besonderes für mich ist. Ein Zustand, der sich so schnell nicht ändern wird. Eine Glut, die mit dem letzten Kuss noch kräftiger wurde. Es ist kühl, denn der Wind des Atlantiks wird um diese Jahreszeit mit jedem Tag frischer.

Ich begreife, dass es Mut erfordert, sich von dem zu lösen, was einem schadet und was man dennoch liebt. Aber es fordert auch viel Einsicht, so nicht weiterleben zu können. Ich bin beeindruckt von dieser Stärke, von Glen. Stolz bin ich auf ihn, so ironisch das auch klingen mag. Er ist es sich wert, für sich einzustehen. Damit er sich nicht selbst völlig verliert. So vielen passiert es täglich, auch jetzt in diesem Augenblick, in dem ich hier stehe, verlieren Menschen auf der Welt etwas von sich, ein Stück ihres Selbst. Manche weinen gerade, andere trinken und feiern, um sich nicht damit befassen zu müssen. Andere liegen im Bett und wälzen sich von einer Seite zur anderen, weil sie nicht zur Ruhe kommen. Täglich kämpfen Menschen gegen die – von außen wirkenden – kleinen Schlachten, die jedoch so viel anrichten können. Zum Glück passiert es gerade in dieser Sekunde auch, dass Menschen ihre letzte Therapiesitzung beenden und das Gefühl haben, wieder eins mit sich zu sein. Es gibt Personen, die gerade auf der Straße laufen, die heute zum ersten Mal in den Spiegel geschaut und gelächelt haben. Seelen, die genau jetzt merken, wie dankbar sie für alles sind. Dass es sich immer lohnt, zu kämpfen. Mein Taxifahrer ist nur ein Beispiel. Das Leben hat immer zwei Seiten – wie jeder Streit, jede Münze und jedes Blatt. Wieder einmal komme ich nicht an Prof. Franklins Worten vorbei.

Vom Steg aus sehe ich die alte Dame das erste Mal seit vier Jahren. Unverändert, anmutig und wunderschön winkt sie einem zu. Dieses Meisterwerk, die Freiheitsstatue, gab schon vielen Menschen Hoffnung auf ein besseres, freieres und friedlicheres Leben. Im Gegenteil dazu gab die Freiheitsstatue mir lange eher eine Empfindung der Gefangenschaft als das von Freiheit. Ich lehne mich an die Reling und höre dem Rauschen der Wellen zu. Das erste Mal, dass ich wirklich ganz für mich allein bin. Ohne ein wachendes Auge, dass man, seit ich aus der Klinik entlassen worden bin, auf mich richtet. Ich beobachte die Menschen, die aus der Fähre steigen. Alle glücklich darüber – und wohl halb erfroren – dort gewesen zu sein. Ich sehe die Schlange auf der anderen Seite, wie viele Menschen freudig, darauf warten, nach Liberty Island zu kommen. Morgen ist der Tag, an dem ich es ihnen gleichtun werde. Die Fähre zu betreten, ohne Anlauf, rüberzuspringen oder zu sehen, dass Helikopter wie ein Vogelschwarm über unsere Köpfe zur Insel fliegen.

Ich denke an Drake. Und als hätte er das gespürt, taucht er auf. Ich zucke zusammen. „Mein Gott, damit habe ich nicht mehr gerechnet", mach ich einen Schritt zur Seite. „Rachel ist gegangen. Aber du bist es nicht", rede ich auf ihn ein. „Ich werde morgen den Ort betreten, an dem ich dich erschossen habe. Aber das weißt du bestimmt schon." Ich sehe mich um. In der Hoffnung, dass mich keiner gehört hat und nun denkt, ich sei aus einer Anstalt ausgebrochen.

„Man hat mir immer gesagt, ich soll mit euch reden. Was verrückt ist, aber irgendwie macht es Sinn und es funktioniert", sage ich. „Also gut. Vermutlich werde ich nie ganz verstehen können, wie man einen Menschen so benutzen kann. Vielleicht hast du dich das manchmal selbst gefragt, keine Ahnung. Kann sein, dass du deine Gründe dafür hattest oder möglicherweise auch keine Wahl. Aber diese Gründe hatte ich auch, als ich die Pistole nahm. Es hätte mit Sicherheit besser enden können. Vielleicht war es unter allen möglichen aber auch schon das beste Ende. Davon weiß ich nichts. Ich weiß nur, dass ich dort morgen hingehen werde. Das wird verdammt schwer werden. Aber ich werde es tun. Mit dir im Kopf oder ohne dich." Ich zeige auf die Freiheitsstatue. „Ich werde das aushalten, so oder so. Glen hat recht. Er muss nach sich schauen und ich nach mir."

Mehrfach versuche ich, einen neuen Anfang zu finden. Bis es einfach passiert und ich zu ihm sage: „Ich verzeih dir, Drake. Jede Lüge, jedes Ausspionieren, jeden Angriff auf meine Familie und mich. Ich hoffe, du hast dir selbst vergeben, als du gegangen bist. Ich versuche das gerade auch. Ich habe mein Bestes gegeben – und das ist mehr als genug.“

Er nickt.

„Ich hoffe, Amy hat dir auch verziehen. Vielleicht warst du ihr auch ein besserer Freund.“ Angst vor dem Loslassen hatte ich schon immer, doch es ist das einzig Richtige, um weiterzukommen.

Seine tiefbraunen Augen sehen mich ein letztes Mal an. Er lächelt. Dann dreht er sich um und geht.

„Danke“, sage ich. So lange wie möglich, schau ich ihm nach. Bis ich mit meinem bloßen Auge nur noch die verschwommenen Umrisse seiner illusionshaften Erscheinung erkenne.

Sie sind weg.

Alle beide.

Ich verweile noch eine Zeit am Ufer des Hudson Rivers grüble darüber nach, was noch zu tun ist. Anschließend gehe ich zu Joe. Das halbe FBI sucht bereits nach mir. Sie sind sogar so freundlich, mich bis über die Türschwelle des Apartments zu begleiten. Nun steht Tag und Nacht eine Wache vor der Tür. Solche Freigänge werde ich in dieser Stadt nicht mehr machen können.

Ich berichte Joe vom Treffen mit seinem Bruder, was er sagte und dass er zu der Ehrung nicht kommen würde. Joe ist außer sich darüber, dass ich ohne ihn bei Glen gewesen bin. Eine lange und ausführliche Erklärung ist nötig, damit Joe versteht, weshalb ich das getan habe. Ich versichere Joe, dass es seinem Bruder gut geht und er ihn jederzeit besuchen kann. Keines Falls wollte ich ihn mit meinem Tun hintergehen, das versichere ich ihm mehrfach.

„Du und Glen, das passt einfach“, sagt er.

„Das dachte ich auch“, sage ich.

„Tut mir leid, Katie. Irgendwann wird es bestimmt was.“ Er klopft mir sanft auf den Oberarm.

Joe ist der Erste, dem ich jetzt erzähle, um welchen Gefallen ich Mia gebeten habe.

„Ich hoffe, Christin wird es verstehen“, meint er.

„Sie wird es akzeptieren müssen“, sage ich.

Die Ehrung

Es ist so weit. In einer halben Stunde legt die Fähre nach Liberty Island ab. Joe und ich tauschen vielsagende Blicke aus, als er seine marineblaue Krawatte vor dem Spiegel zurechtrückt. Alle haben sich im Wohnzimmer des Apartments versammelt. Dina sieht traumhaft in ihrem sonnenblumengelben Kleid aus. Kurvenbetont schmiegt sich der Stoff an sie. Sie sieht mich an, ihre Mimik zuversichtlich – wie so oft. Auch ihr habe ich von meiner Bitte an Mia erzählt.

„Seid ihr bereit?", fragt Christin schließlich. Sie trägt ein weinrotes Kleid mit feiner Spitze am Dekolleté. Elegant sieht es aus. Sie verharrt mit ihren Augen eine Weile bei mir.

„Ja, das sind wir", sage ich. Ich weiß, Christin spürt die nahende Veränderung. Ich entgleite ihr. Christin ist bewusst, dass sie mich nicht ewig behüten kann. Genau dieser Blick – mit erwartungsvollen Augen und einem Hauch von Traurigkeit – zeigt mir, wie schwer es sein wird, ihr dies zu sagen. Auch wenn ich meine Schwester über alles liebe, bin ich ihr ferner als je zuvor. Es ist merkwürdig, dass manche Menschen dir so nah sind, viel näher als alle anderen. Trotzdem sind dir genau diese Personen am weitesten entfernt. Denn das, was euch verbindet, trennt euch zugleich. Die Kluft zwischen Christin und mir gab es schon immer. Es kommt die Zeit, da trennen sich vielleicht Wege, aber niemals Seelen. Alles kommt zurück, auch dieser Spalt wird eines Tages wieder kleiner sein. Hoffentlich weiß sie das. Immer mehr rückt der Gedanke in mein Bewusstsein, dass es die richtige Entscheidung war.

So nervös wie jetzt gerade waren wir alle zuletzt vor der Gerichtsverhandlung, die mittlerweile schon eine Weile zurückliegt. Ein Fahrer holt uns mit einem schwarzen Mercedes Vito ab und bringt uns zum Hafen. So elegant wie unsere Garderobe heute ist, so klassisch schön strahlt die Sonne darauf. Es ist ein herrlicher Herbsttag – kurz bevor der Winter eintritt. Wenn mir jemand vor vier Jahren erzählt hätte, dass ich heute mit den übrig gebliebenen Leuten in einem Vito sitzen würde, hätte ich ihn vermutlich einen Spinner genannt. Einer von damals sitzt im Knast, ein anderer liegt im Krankenhaus und zwei auf dem Friedhof – wir anderen auf dem Weg zu einer Ehrung, weil wir die Formel meines Vaters entdeckt und somit der Menschheit viel Ärger erspart haben.

Als wir am Hafen ankommen, wartet Mia bereits auf uns. „Hallo zusammen. Gut seht ihr aus und das Wetter könnte nicht besser für so ein Event sein", sagt sie und lächelt.

Das sieht ein bisschen komisch aus, denn bis dato habe ich Mia noch nie anders als ernst dreinblickend gesehen. Dina und ich versuchen, so gut es geht, uns das Lachen zu verkneifen.

„Lasst uns hinüberfahren", winkt Mia uns und auch die anderen Gäste zu sich, die zum Großteil FBI-Agenten, Politiker und andere Schlipsträger sind.

„Ja, wen sehe ich denn da", erklingt plötzlich eine fröhliche, mir sehr vertraute Stimme im Hintergrund. Gänsehaut zieht über meinen ganzen Körper, als ich begreife, wer das ist.

„Oh mein Gott!" Bei diesem Ausruf hält sich Christin die Hände vor den Mund.

Auch ich bin fassungslos, als ich das etwas älter gewordene Gesicht einer Frau sehe, deren Haare kurz und lockig sind. Die Perlenkette am Hals klimpert wie immer leise und es verbreitet sich ein Hauch Vanilleduft, sobald die Distanz zwischen ihr und uns kürzer wird.

„Tante Grace."

„Wer denn sonst, mein Schatz", schließt sie mich und Christin in ihre Arme. „Mein Gott, seid ihr erwachsen geworden. Kaum wiederzuerkennen." Nun kullern auch bei ihr die Tränen.

Vor acht Jahren habe ich meine Tante das letzte Mal gesehen. Nie hätte ich gedacht, dass ich eine Umarmung von ihr so vermissen würde. Sie ist das schönste Gefühl auf der Welt. Grace ist der liebevollste Mensch, der mir je begegnet ist. All die Liebe und Fürsorge, die sie uns damals in Boston schenkte, waren nicht mit Worten zu beschreiben.

„Ich will doch auf keinen Fall verpassen, wenn meine Nichten geehrt werden. Dann kann ich auch endlich mal das Grab eurer Eltern und das meines Bruders und meiner Schwägerin besuchen", sagt sie. „Jetzt genug der Tränen. Dann verläuft die ganze Schminke", lacht sie und stellt sich Joe und Dina vor.

Wir betreten gemeinsam die Fähre, die uns auf die andere Seite bringt. Am Eingang bekommen wir ein Glas Champagner überreicht, den wir alle vor lauter Aufregung runterkippen wie Wasser. Ich hole mir noch ein Glas des goldenen Sprudels, als mir Mia entgegenkommt.

„Wie lief dein Gespräch mit Glen?", will sie wissen.

„Anders als erwartet. Du hast mir nicht gesagt, dass er bereits mit dir darüber gesprochen hatte."

„Tut mir leid. Er wollte es dir selbst sagen."

„Er hat sich entschieden. Wenn es das Richtige für ihn ist, dann unterstütze ich das."

„Dies ist eine sehr noble Einstellung von dir."

„Ich denke, das nennt sich erwachsen werden", grinse ich. Der Alkohol scheint wohl seine Wirkung schon zu zeigen.

„Scheint wohl so", strahlt Mia. „Hast du es deiner Schwester schon gesagt?" Sie lenkt auf ein anderes Thema.

„Nein, noch nicht."

„Du solltest es bald tun. Dir rennt die Zeit davon, Katie", sagt sie und begrüßt weitere Gäste.

Als wir auf Liberty Island ankommen, kann ich nicht anders, als die gigantische Faszination der Freiheitsstatue zu bewundern. Der Weg zu ihr führt über einen roten Teppich, rechts und links davon sind Stühle aufgestellt. Wie ein Altar wirkt das Rednerpult, an dessen Fuß rote und gelbe Blumengebinde das Ganze festlich wirken lassen.

Eine warme Hand greift nach meiner, als wir das Boot verlassen. „Lass uns nach einem guten Sitzplatz suchen", lächelt Dina.

Auch meine andere Hand bleibt nicht lange allein. „Ich denke, uns gehören die Plätze ganz vorne", sagt Christin.

„Worauf warten wir also noch?", quetscht sich Joe dazwischen.

Arm in Arm laufen wir vier auf dem roten Teppich bis ganz nach vorne. Tatsächlich ist die erste Stuhlreihe mit unseren Namen bestückt. Tief atme ich ein – jedem von uns ist es auf seine Art unangenehm, hier zu sein. Meine Augen wandern zum Kopf der Statue.

Auch meine Tante gesellt sich nun zu uns. Sie hatte sich mit dem Bürgermeister verquatscht. „Herr de Blasio ist vielleicht ein Charmeur", hält sie sich verlegen die Hand vor den Mund und setzt sich neben Christin. Ohne Grace wäre es heute um einiges trauriger und ernster hier. Sie weiß das. Mia ist sich dessen ebenso bewusst – mit hoher Wahrscheinlichkeit ist das auch einer der Gründe, wieso man unsere Tante zu dieser Feierstunde eingeladen hat.

Einige Minuten dauert es, dann tritt der Bürgermeister an das Mikrofon, um die Veranstaltung zu eröffnen, nachdem seine Assistentin alle darum gebeten hatte, ihre Plätze einzunehmen. Ich schaue mich um – es sind sehr viele Leute hier. Auch Fernsehteams, Journalisten und Fotografen dürfen nun mit ihrer Arbeit beginnen.

„Sehr geehrte Damen und Herren, sehr geehrte Ehrengäste." De Blasio macht er eine kurze Pause, um sich zu räuspern. „Ich heiße Sie recht herzlich willkommen. An einem Ort, an dem vor 14 Jahren ein Mann, der Ihnen allen bekannt ist, Geschichte geschrieben hat. Im Kopf der Freiheitsstatue sorgte er dafür, dass keiner seine Entdeckung entwenden konnte. Tom Smith war uns allen ein hochgeschätzter Wissenschaftler und Vertrauter. Ein Mann, der immer ein offenes Ohr für andere hatte. Er und seine geliebte Ehefrau Sara Smith sind leider viel zu früh von uns gegangen. Für uns alle ein Moment, der ein großer Schock war und dessen Verlust eine Lücke in unseren Herzen und in dieser Stadt hinterließ. Tom und Sara gaben ihre Spuren der Liebe und der Stärke in Form von zwei wunderbaren jungen Frauen, Katie und Christin Smith, weiter." Der Bürgermeister macht eine weitere Pause. Seine Assistentin reicht ihm ein Glas Wasser. Die Stimme, will wohl nicht so richtig. Alle klatschen und scheinen stolz auf die Smiths zu sein. Dann fährt er fort, „Auch möchten wir die Schwester von Mr. Smith begrüßen, Grace Smith."

Meine Tante steht auf und winkt einmal in die Menge.

„Setzen Sie sich wieder, meine Liebe", grinst der Bürgermeister in ihre Richtung. „Auch Joe Blair, Dina Johnson und Glen Blair, der leider nicht anwesend sein kann, gehören zu den Personen, die dafür sorgten, dass unser Land wieder ein Stück sicherer wurde. Heldenhaft setzten sich auch unsere Agenten des FBI ein. Heute sind wir alle hier, um diesen Mut und die Stärke nach Gerechtigkeit zu ehren. Vergessen dürfen wir auch keine Minute die Menschen, die zur falschen Zeit am falschen Ort waren und tragischerweise verstarben, ohne etwas mit der Sache zu tun zu haben. Auch sie ließen Angehörige traurig zurück. Ich bitte nun unsere damalige Sicherheitschefin und heutige FBI Direktorin Mia Thomas auf die Bühne." Beifall setzt ein und der Bürgermeister überlässt Mia das Rednerpult.

„Vielen Dank, Mr. de Blasio. Ich will ehrlich zu Ihnen sein. Es war eine Herausforderung, Sicherheitschefin zu sein. Diese Aufgabe nahm ich damals sehr ernst, auch heute als Direktorin versuche ich, allem und allen gerecht zu werden. Sowohl den Menschen als auch dem Gesetz. In den vergangenen Jahren lernte ich allerdings, dass Gerechtigkeit nicht immer etwas mit Recht oder Fairness zu tun hat. Auch heißt Gerechtigkeit nicht, dass es Frieden geben wird. Gerechtigkeit hält die Dinge zwischen gut und schlecht in der Waage, was für den einen gerecht scheint, muss es für den anderen nicht sein. Was für den einen ungerecht ist, muss für den anderen nicht gerecht sein. Das hängt alles davon ab, in welcher Ecke der Gerechtigkeit man steht." Mia schweigt für einen Moment. Die ehrlichsten Worte, die ich je von ihr gehört habe. Nie hätte ich gedacht, dass sie so darüber denkt. Mit Leichtigkeit schien sie ihre Arbeit zu bewältigen, aber oft täuscht die Fassade eines Menschen eben doch.

„Aus diesem Grund kann ich nun mit Stolz feststellen, dass wir heute hier sind. An einem Ort, der für die Menschen Geborgenheit bedeutet, aber vielleicht auch mit einer persönlichen Erinnerung verbunden ist. Für die hier anwesenden Ehrengäste bedeute dieser Ort Vergangenheit und Zukunft. Denn hier endet das Passierte und gleichzeitig ist es ein Neubeginn. Der Blick in eine Zukunft, in ein Abenteuer, wenn wir es so nennen wollen. Die Herausforderung, die Last des früheren Gepäcks abzustreifen. Ich bin stolz auf jeden Einzelnen von ihnen, denn sie haben gekämpft und sitzen hier und heute mit uns. Ich bitte nun Joe Blair, Dina Johnson, Christin Smith und Katie Smith auf die Bühne."

Alle applaudieren erneut und erheben sich von ihren Plätzen. Hintereinander laufen wir die Treppe nach oben. Der Bürgermeister schüttelt jedem von uns die Hand und drückt uns einmal fest. Mia überreicht uns unsere Medaillen und Urkunden. Das königsblaue Band dieses Edelmetalls macht sich gut auf unseren schicken Kleidern und Anzügen. Da mein schlichtes Cocktailkleid schwarz ist, kommt das strahlende Blau besonders gut zur Geltung. Meine Füße brennen, ich hätte die High Heels vorher einlaufen sollen. Auf dem stählenden Silber der Medaille ist die Freiheitsstatue eingraviert, auf der anderen Seite der Kopf meines Vaters. Christin und ich sehen ihn an, wir sehen uns an. Sichtlich aufgewühlt stehen wir dort oben. Auch Joe kann die

Tränen nicht verkneifen. Ich nehme ihn in den Arm. Meine Tante wird auf die Bühne gebeten, ihr wird zusätzlich ein gigantisches Blumenbouquet überreicht. „Ich bin so stolz auf euch alle“, sagt sie.

„Wir auch auf dich“, sagt Christin.

„Einer von euch kann noch etwas sagen, wenn er möchte“, flüstert uns Mia zu.

„Mach du das, Katie“, meint Dina.

„Was? Nein. Das kann ich nicht“, gebe ich zurück.

„Doch, ich finde auch, dass du das machen solltest“, wirft Joe ein.

„Na los! Ab ans Mikro“, lacht Christin.

„Nein, kommt schon. Das geht nicht.“

Alle schupsen mich in Richtung Rednerpult. „Und nun noch ein paar Worte von Katie Smith“, kündigt mich Mr. de Blasio an.

„Ehm ich bin darauf nicht vorbereitet“, sage ich unsicher, während alle Augen auf mich gerichtet sind. Ich greife nach der Medaille. Als ich in die Zuschauer blicke, erkenne ich ganz weit hinten Amy. Die Sonne lässt ihr rotes Haar wie Seide glänzen. Sie wirkt zufrieden und gespannt darauf, was ich nun zu sagen habe. Leider fällt es mir immer sehr schwer, aus dem Nichts passende Worte zu finden. Unsicher lächle ich Amy zu. Sie erwidert es. In derselben Reihe, nur zwei Stühle weiter, erkenne ich Skip. Er lächelt mich an und winkt mir sacht. Surreal, als ob ich das nur träume.

„Mia, du hast …“

„Ja, das habe ich.“ Sie weiß, was ich sagen will, und ließ Menschlichkeit vor Gerechtigkeit walten.

All die Jahre, die ich Mia nun kenne, dachte ich immer, sie würde herzlos handeln und alles für ihre Anerkennung tun. Doch da irrte ich wohl. Sie wollte immer nur das Beste für uns. „Danke“, flüstere ich.

„Gerne. Du solltest nun etwas sagen“, antwortet sie leise.

Statt noch länger Füllwörter suchend am Mikrofon zu stehen, kommt mir die Idee, einfach meine Gedanken sprudeln zu lassen. „Früher, wenn ich solche Veranstaltungen in den Nachrichten gesehen habe, dachte ich immer: WOW, die haben für die Weltbevölkerung gekämpft. Wie großartig und gut diese Personen sein müssen. Jetzt, wo wir hier oben stehen, denken das bestimmt auch viele, die sich diese Veranstaltung vor dem Bildschirm ansehen. Für sie alle haben wir die Arbeit eines bedeutenden Wissenschaftlers gefunden und sichergestellt. Das ist ihre Perspektive. Unsere ist einen andere. Eine in machen Augen möglicherweise unwichtige. Denn ich war nur auf der Suche nach einem Stück Erinnerung meiner Eltern. Nach einem Teil meiner Familie. Etwas, das mich verarbeiten lässt, was passiert ist. Wunderbare Menschen, die hier mit mir stehen, gingen diesen schweren Weg mit mir. Bis heute. Menschen, die ich vielleicht nicht kennen würde, ohne das ganze Drumherum." Ich hole Luft. „Auf der Strecke hierher nach Liberty Island haben wir aber auch Menschen verloren, die durch Zufall oder Schicksal, an was man auch immer glauben mag, mit in den uns umgebenen Strudel hineingeraten sind. Die dann ihr Leben verloren haben. Ich möchte auch diesen Menschen danken und dabei nicht vergessen, dass man manche Dinge nur verstehen kann, wenn man sich alle Seiten anhört. Man merkt schnell, dass man dann Gut und Böse schwer voneinander trennen kann, das macht uns, denke ich, zu Menschen. Jeder Fehler oder jede gute Tat macht uns zu dem, was wir sind. Das hier soll keine Moralpredigt werden. Aber vielleicht schenkt es ein bisschen Hoffnung. Ich denke oder, besser gesagt, wir alle denken heute auch an Rachel Anderson, Drake Coleman, Amy Collins und Skip Martin." Ich sehe aus dem Augenwinkel, wie sich Amy an ihre schlagende Brust fast und Skip die Faust hebt, als hätte er im Lotto gewonnen. „Ebenfalls Personen, die mit Sicherheit einen anderen Plan für ihr Leben hatten. Alles Personen, deretwegen wir heute hier sind. Wir möchten natürlich auch der Stadt New York und Amerika für die Unterstützung danken", sage ich.

Nicht sicher darüber, ob das, was ich ausgesprochen habe, auch angemessen war, ernte ich einige verwirrte Blicke, aber auch stehende Ovation. Es tut gut, dass ich meine Erfahrung teilen durfte.

Christin

Nach dem offiziellen Teil der Veranstaltung zerstreuen sich die Menschen in kleinere Gruppen. Der Bürgermeister redet noch eine ganze Weile mit Dina und mir, während Joe und Tante Grace bereits von Journalisten belagert werden.

„Du siehst deinem Vater so ähnlich. Auch dieser sarkastische Humor scheint mir der gleiche zu sein", schmunzelt der Bürgermeister und zeigt verwegen mit dem Finger auf mich.

Ein Kompliment, das ich gerne höre. Diese Presse macht vor nichts und niemand halt. Eine Welle an Fragen überrollt Dina und mich.

„Ms. Smith, wie fühlen Sie sich heute?"

„Katie, die Gerichtsverhandlung ist vier Jahre her, was ist seitdem passiert?"

„Ms. Johnson, wie gehen Sie mit diesem Schicksal um? Würden Sie heute wieder so handeln?"

Fragen über Fragen. Doch das einzige Statement, dass es heute von uns gibt, ist, wie stolz wir auf unsere Medaillen sind, die wir gerne in das Blitzlicht halten. Wie Gewinner der Olympischen Spiele, die im Speerwurf und Diskuswerfen gerade Rekordwerte erreicht haben. Nicht zu vergessen sind die Hürdensprünge und das Entzünden der Fackel. Kurz nachdem auch Dina und ich den Dschungel der Medien durchquert haben, stellt mir ein Fotograf die abschließende Frage: Ob es noch eine Erklärung seitens meiner Schwester geben wird? Unauffällig mustere ich die Köpfe der herumstehenden Personen, um eventuell Christins Gesicht zu erhaschen. Finden lässt sie sich jedoch nicht.

„Ich denke nicht", ist meine knappe Antwort.

Etwas enttäuscht geht der Fotograf, der zu seinem Glück schnell Trost im nächsten Medienurwald findet. Ms. Thomas und Mr. de Blasio sind geübt in diesen Auftritten und stehen auch diesen mit professioneller Gelassenheit durch.

Mir macht es Sorgen, dass ich Christin nirgendwo finden kann. Wie hat sie es geschafft, so unauffällig abzutauchen? Auch die anderen machen sich bereits auf die Suche nach ihr. Selbst nach einer Viertelstunde ist sie nicht auffindbar. Egal, wen ich frage, keiner kann mir sagen, wo sie ist, als wäre meine Schwester so heimlich wie möglich gegangen. Ob ihr das Ganze hier zu viel war?

Die Angst, dass etwas passiert ist, verbreitet sich. Doch dann sehe ich Christin auf der anderen Seite der Freiheitsstatue, die Entfernung ist so groß, dass sie klein wie eine Playmobilefigur wirkt. Am Rand der Insel ist sie dem Hudson River zugewandt. Mein Gefühl sagt mir, dass etwas nicht stimmt. Je näher ich ihr kommen, umso deutlicher ist ihre Gestik zu entschlüsseln. Die Hände umschlingen nervös die Reling. Gänsehaut lässt die feinen Armhaare abstehen. Ihr Kinn zittert. Nicht vor Kälte, die der Wind mit sich bringt. Was genau es ist, ist mir bald darauf klar. Die umgedrehte Sichtweise unseres Rum-Dates vor nicht allzu langer Zeit. Ihre Gedankenversunkenheit erinnert mich an ihre Aussage, dass, wenn das alles nicht passiert wäre, sie mir trotzdem keine gute Schwester sein könnte. Zumal sie sich schuldig fühlt für mein Verhalten und wer ich war. Das habe ich nie vergessen, mit großer Wahrscheinlichkeit jedoch verdrängt. Es musste weichen, da in meinem Kopf kein Platz dafür war. Zu viele Kisten stapelten sich dort. Ausmisten dauert seine Zeit. Und hin und wieder verweilt man bei Dingen, die man eigentlich längst entsorgt haben wollte. Mir wird klar: Keine Sekunde lange habe ich hinterfragt, wieso Christin in jener Nacht nicht schlafen konnte, als wir dort auf der Terrasse standen. Oder warum sie so verbissen darauf ist, mich zu beschützen. Für Christin ist das alles wohl viel mehr als nur eine Aufgabe, die im Testament unserer Eltern verankert ist. Es ist der leise Versuch, etwas wiedergutzumachen, das aber keiner Wiedergutmachung bedarf. Alles ist in Ordnung.

Überhaupt kam ich bei keinem von auf die Idee, zu fragen, wie es ihnen wirklich geht. Und ich konnte es auch nicht sehen. Weder bei Glen, Skip, Amy oder bei ihr. Auch bei Joe und Dina war es eher so, dass sie mir halfen und weniger ich ihnen. Die Umstände schafften es, dass ich wie in einer Seifenblase schwebte, ohne je wirklich zuzuhören. Auch wenn ich mich um alle sorgte, war ich nie in der Lage, alle Perspektiven zu sehen. Mit jedem Tag, den ich wieder hier bin, wird es vernehmbarer: Ich war in einem Tunnel, in dem ich nur mich selbst sah. Andere kamen mit ihren Problemen nicht zu mir, weil sie vielleicht dachten, dass ich genug mit mir selbst zu kämpfen hatte und unmöglich in der Lage wäre, anderen zu helfen. Damit ist Schluss, denn es gibt nichts Schlimmeres, als wahrzunehmen, dass andere sich selbst hinten anstellen, nur um für dich dazu sein.

Selten findet man meine Schwester so abwesend. Sie ist müde, eine Erschöpfung, die mit Schlaf nicht zu ändern ist. Unsicher darüber, ob ich hingehen soll, bleibe ich stehen und hinterlasse so wohl eher den Eindruck eines Stalkers, nicht den eines besorgten Familienmitglieds. Gegen alle Zweifel entscheide ich mich nach einigem Zögern, zu ihr zu gehen. Mit Bedacht stelle ich mich neben sie. Schweigend, still, ohne zu fragen, wieso oder weshalb.

„Mein Gott, ist das schön heute", sage ich.

Die Sonne brennt und spiegelt das Wasser – funkelnd wie ein frisch geschliffener Diamant.

„Mom hätte die Aussicht gefallen", sagt sie.

„Ja", antworte ich.

Für einige Minuten schweigen wir. Merkwürdig, viele Worte, die man sich im Kopf zurechtgelegt hat – keines davon wird ausgesprochen. Es ist meine Schwester, die hier verdammt noch mal neben mir steht. Vielleicht ist es gerade diese Tatsache, die Emotionen in Worte zu fassen, die mir gerade fehlt. Ein Mensch mit lockerem Mundwerk wird stumm und verwundbar. Es muss nur etwas passieren, was das Herz trifft. Für manche Situationen gibt es schlichtweg nur die Stille.

Aber auch Stille kann belastend sein.

„Hast du eigentlich eine Ahnung, wie stolz ich auf dich bin, Christin?", breche ich das Schweigen und halte meinen Blick auf den Horizont gerichtet. „Du bedeutest mir so viel und das wird sich niemals ändern, das weiß ich genau. So vieles habe ich dir zu verdanken. Wer weiß, vielleicht wäre ich nicht mal mehr hier, wenn du nicht gewesen wärst." Meine Augen wandern über das Wasser.

„Das hast du mit großer Sicherheit nicht nur mir zu verdanken", widerspricht Christin kopfschüttelnd.

„Vieles davon schon. Erinnerst du dich, als ich damals im FBI Quartier durchgedreht bin. Mit der Pistole direkt auf dich zeigte."

„Ja, daran erinnere ich mich gut. Das wäre verdient gewesen."

„Nein wäre es nicht. Mit jeder Phase, in der du mich beschützen wolltest und auch heute noch willst, hast du mir deine Liebe gezeigt.

Ja, ich war traurig, aber dafür konntest du nichts. Die ganze Verantwortung für dich und für mich. Manchmal hast du nicht gewusst, ob der morgige Tag noch schlimmer wird als der heutige. Du hast am Abend in der Küche gesessen und geweint. Weil du nicht wusstest, wie es weitergehen sollt. All die Jahre. Aber du hast mir immer gezeigt, dass es einen Tag danach gibt. Du hast mir immer neuen Mut geschenkt. Als wir keine Wahl hatten, warst du da. Jetzt haben wir eine Wahl und du bist noch immer hier."

„Es war nie einfach. Mir tat es sehr weh, dich leiden zu sehen."

„Ich versteh das. Mir tut es auch weh, dich traurig zu sehen", sage ich.

Christin wirkt leer. Wie eine Hülle. Wie jemand, der sich selbst aufgegeben hat. Als wäre ihre Seele bereits in einen tiefen Schlaf gefallen.

„Es ist mehr als akzeptabel, an sich zu zweifeln, Fehler zu machen, Christin. Vielleicht auch wütend und traurig auf sich selbst zu sein oder auf andere."

Sie wendet sich ab.

„Bitte, Christin, vergiss nie, du warst es, die mir Hoffnung schenkte auf etwas Besseres. Völlig egal, wie lange es dauert, dich aus deinem Gefängnis zu befreien, das da oben sitzt." Ich zeige auf ihren Kopf. „Ich werde dich immer daran erinnern, dass es einen Tag danach heute gibt." Nun nehme ich sie in den Arm und halte sie, so fest ich kann, so lange ich kann. „Ich liebe dich", sage ich.

„Ich dich auch", kann sie mir kaum antworten.

Heute beginnt für Christin eine lange Reise. Ein Ausflug an einen Ort, der hin und wieder sehr dunkel ist. Sie schwimmt vielleicht nicht im gleichen Ozean wie ich damals oder läuft durch die Wüste. So schwer, wie die eigene Seele werden kann, scheint das Ziehen eines Leichensacks ein Leichtes zu sein.

„Ich wollte immer nur das Beste für dich", sagt sie.

„Vielleicht, solltest du das tun, was am besten für dich ist."

„Vielleicht."

„Das sollte jeder von uns", füge ich hinzu.

Sie lässt mich los. Christin ahnt etwas und wartet gespannt darauf, was ich ihr zu sagen habe.

Ich zögere.

„Was soll das heißen?", fragt sie.

„Mia musste mir versprechen, es für sich zu behalten.“

„Oh man, das hört sich an wie eine schlechte Nachricht“, sagt meine Schwester.

„Das ist es nicht. Es hieß lange, dass wir alle umziehen. Nach Kanada.“

„Du willst bleiben?“, fragt sie.

„Nein, das ist nicht mein Plan. Ich werde meine eigene Reise machen, Christin. Ohne euch.“

„Ganz allein?“

„Ja. Ich denke, ich brauche Zeit für mich. Verstehst du?“

„Gerade hast du noch gemeint, dass du für mich da sein wirst. Und jetzt sagst du mir, dass wir uns erst einmal nicht mehr wiedersehen?“

„Natürlich sehen wir uns wieder. Merkst du nicht, dass jeder bereits seinen eigenen Weg geht? Glen geht seinen. Auch Joe wird es tun. Wir sollten es auch. Dina hat nie etwas anderes im Kopf gehabt. Deshalb ist sie so stark. Weil sie sich selbst nicht vergisst.“

„Wenn du der Meinung bist, dass es das Beste wäre, zu gehen, dann ist es so.“

„Vorerst schon. Ich bin trotzdem für dich da. Egal, was es ist.“

„Die anderen wissen es bestimmt schon, habe ich recht?“

„Ja. Du musst es nicht verstehen. Aber ich möchte, dass du meine Entscheidung akzeptierst. Um mehr bitte ich dich gar nicht.“

„Ich bin deine Schwester, natürlich kann ich das nicht akzeptieren“, sagt sie und drückt mich noch einmal.

„Ich hoffe, du denkst nicht, dass ich dich im Stich lasse“, sage ich.

„Nein, das ist es nicht. Das ist es nicht“, wiederholt sie. Einen Moment schweigt sie. „Ich bin stolz auf dich“, ergänzt sie dann.

„Da seid ihr ja“, kommen Joe und Dina dazu.

„Stören wir?“, fragt Dina.

„Nein, alles gut“, sagt Christin.

Sichtlich schwer fällt es den beiden, diese Aussage zu glauben. Deutlicher hätte Christin ihr Gefühl nicht zeigen können. Den beiden ist bewusst, was es heißt, wenn ich gehe. Auch sie sehen, dass eine schwere Zeit für meine Schwester ansteht. Wir haben erkannt, dass keiner von uns wirklich weiß, wer er selbst ist und wohin er möchte. Um diesen Schritt erfolgreich zu bewältigen, gehören auch Stunden der Verzweiflung und der Einsamkeit dazu. Fehler, die gemacht werden müssen, neue Menschen, die uns auf dem Weg begegnen. All das sorgt für ein Wachsen. Größer werden, aufblühen und eines Tages an diesen Ort zurückkehren, um zu spüren, wer man war und wer man ist. So ist das auf der Reise zu sich selbst. Nach einer Weile betrachtest du alles von außen, siehst klarere Bilder, die vorher verschwommen und durcheinander schienen. Für ein paar Wimpernschläge bist du überrascht, wie sehr du nicht mehr dieser Mensch bist, der du früher einmal warst, jedoch noch so viel mit ihm gemein hast. Auf Abstand gehen für eine Weile zu den Menschen, die einem so viel bedeuten und mit denen man so viel Zeit verbracht hat, lässt einen neuen Blickwinkel entstehen. So siehst du plötzlich einen ganzen Wald und nicht nur einen Baum. Das Panorama ist erstaunlich. Auf einmal machen gewisse Handlungen mehr Sinn und andere wiederum werden umso unsinniger, denn man lernte aus diesen. Irgendwo erreicht man dann den Punkt, an dem man nur noch über sich selbst schmunzeln kann, weil das, was passiert ist, sowieso nicht zu ändern ist, da man es nun besser weiß.

Nach alledem haben wir nun die Gelegenheit, in Ruhe darüber zu reden, zu hoffen, ehrlich, ohne Geheimnisse. Keine Fassaden mehr, sondern echte Menschen. Mit Herz. Die hinter all der Angst und dem Erlebten schon immer da waren. Es tut gut, zu lachen und auch mal etwas zu genießen.

Es ist alles getan, was in unserer Pflicht stand. Die pompöse Kulisse der Veranstaltung wird bereits abgebaut, da sind wir immer noch dabei, dass Wetter und diesen Ort schätzen zu lernen. Wenn ich an Liberty Island zurückdenke, wird sich das hier vor mir abspielen, eine herbstliche Befreiung.

Tante Grace stößt inmitten einer Hülle der Leichtigkeit zu uns. Aus einem Suchen nach Christin entwickelt sich ein kleines Picknick auf der Wiese, auf der wir mittlerweile umheralbern. „Na, da seid ihr ja. Da muss man eine halbe Weltreise unternehmen, um euch zu sehen, und verliert euch dann auf einer kleinen Insel", scherzt sie.

Ein etwas verunsicherter Skip kommt mit Schmerzen auf uns zu, die für jeden ersichtlich sind. Gestützt wird er von zwei FBI Agent, die ihn bewachen sollen. Wir hören ein krampfendes: „Hallo."

Etwas befremdlich starren wir ihn an. „Hallo", sage ich, dann stehe ich auf. Die anderen tun es mir gleich.

„Wirklich schön, was du gesagt hast", meint er.

Dina ist die Einzige der Anwesenden, die eine vergangene Bindung mit ihm hat. Skip und sie waren einst gute Freunde. Die beiden sehen sich vielsagend in die Augen.

„Ich möchte auch nicht stören, muss sowieso gleich wieder ins Krankenhaus." Auch Skip weiß nicht genau, wie er reagieren soll.

„Vielleicht können wir dich morgen besuchen", meint Dina positiv gestimmt.

„Das würde mich sehr freuen. Bald ist es vorbei mit der Freiheit. Aber das ist okay", sagt er fast schon zufrieden. Er lächelt.

Wir auch. Auf einmal scheint alles so einfach.

„Wohin fliegst du, Katie?", fragt mich Christin, als wir uns im Wagen auf dem Heimweg befinden. Alle begutachten mich gespannt, denn das Ziel meiner Reise hatte ich bis dahin niemand verraten. Gefragt wurde ich bislang danach auch nicht, ich vermute, es war für alle schon schmerzlich genug, dass ich mich überhaupt dazu entschieden hatte. „

Ich fliege erst einmal nach London, dort bleibe ich ein paar Monate. Ich würde gerne dort meinen Schulabschluss nachholen."

„Du und Schule? Ich weiß ja nicht", verzieht Christin das Gesicht.

„Darüber habe ich mich schon erkundigt. Ich bekomme Nachhilfelehrer und der Abschluss ist sogar international anerkannt."

„Wow, auf ganz hohem Bildungsstand sind wir dann unterwegs", wirkt Joe beeindruckt.

„Der normale High School Abschluss war schon schwer genug. Aber das bekommst du hin", ergänzt Dina.

„Sobald das geschafft ist, fliege ich weiter nach Deutschland."

„Hammer, einmal durch Europa." Dina kann ihre Begeisterung dafür nicht zurückhalten. „Ich werde dich auf jeden Fall besuchen kommen."

„Wir alle werden dich besuchen kommen", sagt Joe.

„So weit weg. Hast du dir das gut überlegt?", meint Christin besorgt. „

Ja, das habe ich", sage ich fest überzeugt.

„Und wohin geht es nach Deutschland genau?", fragt Dina.

„Es gibt in Deutschland eine kleine Stadt, na ja, im Vergleich zu

New York ist das natürlich ein kleines Dorf. Aber Mia meinte, es ist schön dort, es gibt einen großen See und die Stadt scheint sehr sicher zu sein. Ein bisschen wie in Tom River. Ich hoffe, ich kann da endlich mal abschalten.“

„Ja, und wie heißt die Stadt?“, fragt meine Schwester.

„Mia, hat mir dazu ein Prospekt geschickt. Ich weiß es nicht mehr genau. Irgendetwas mit Hafen. Scheint wohl die Stadt der Zeppeline zu sein.“

„Reden wir jetzt von der Band *Led Zeppelin*?“, frage Joe.

Wir blickten ihn verwirrt an. „Nein“, sage ich knapp.

„Ist das nicht etwas schwierig, ich meine, du kannst kein Deutsch“, meinte Dina.

„Ich werde das schon lernen. Einen Kurs belegen oder so“, sage ich zuversichtlich.

„Deutsch soll eine sehr schwere Sprache sein“, so Christin skeptisch.

Insgeheim hofften alle wohl, dass ich mir das Ganze noch einmal überlege. „Vielleicht bleibe ich dort auch nur ein paar Monate und reise dann weiter“, antwortete ich frech und verziehe das Gesicht zu einer Grimasse.

Abschied

„Wann fliegst du?", fragt Christin, als sie sieht, dass ich bereits am Abend nach der Festlichkeit meinen Koffer packe.

„In zwei Tagen", sage ich.

Sie nickte verunsichert.

„Der Flug geht um 18:35 Uhr", ergänzte ich.

„Wir begleiten dich natürlich zum Flughafen", sagt sie.

„Das würde mich freuen", antworte ich sentimental.

Die letzten zwei Tage in New York sind mit einer seltsamen, aber dennoch sehr schönen Stimmung bedeckt. Wie Dina angekündigt hat, besuchen wir mit Erlaubnis von Mia Skip. Er freut sich darüber, stolz zeigt er uns seine Bestätigung dafür, eine Therapie machen zu können, um alles, was geschehen ist, verarbeiten zu können. Er will auch seinen Abschluss nachholen und dann studieren. „Ich schwanke noch zwischen Gastronomie und Psychologie", sagt er.

Die Stunden verstreichen. Länger als erwartet bleiben wir im Krankenhaus. Nach all der Zeit scheint Skip einen starken Drang nach Kommunikation zu haben. Besonders freut mich das für Dina. Sie kann endlich mit jemandem über Rachel sprechen, der viele Erinnerungen mit ihr teilt. Wenn Glen doch nur hier wäre. Wie gerne würde ich auch ihn so glücklich sehen.

Als ich gerade dabei bin, aus der Cafeteria ein paar Snacks zu holen, begegnete ich Amy. Im Arbeitsstress versunken, ist sie überrascht, mich schon wieder an diesem Ort zu sehen. Sie begrüßt mich mit einer Umarmung. Bei der Ehrung hatte ich keine Gelegenheit, mit ihr zu sprechen, es ergab sich nicht.

„Ich habe jedes Wort aufgesaugt von deiner Rede", sagt sie jetzt.

„Wirklich?"

„Ja, ich habe lange darüber nachgedacht. Und dann war ich dort. Das erste Mal", sage sie stolz und grinsend wie ein Teenager, der gerade seine Jungfräulichkeit verloren hat.

Es dauerte eine Weile, bis ich verstehe, wovon sie spricht.

„Es kostete mich viel Überwindung, sein Grab zu besuchen. Aber gestern nach der Feier wusste ich, dass ich das tun muss."

„Du weißt, wo ER begraben liegt?" Mir fällt die Kinnlade runter.

Amy sieht mich unglaubwürdig an, bis sie merkt, dass ich das, was ich sage, ernst meine. „Wenn du willst, komm ich mit", zeigt sie sich bereit, mit mir diesen Weg noch einmal zu gehen. „Wann immer du möchtest."

„Nun ja, ich fliege übermorgen."

„Du gehst? Wieso?"

„Ja, für eine Weile. Ist erst einmal besser so, weißt du."

„Okay. Aber wir sehen uns, wenn du wieder da bist, ja?"

„Auf jeden Fall."

Nach einer Minute der peinlichen Wortfindung macht Amy den Vorschlag, ihn gleich heute nach ihrer Arbeit zu besuchen. Zunächst will ich nur mit ihr dort hin. Letztendlich beschließen wir aber, die anderen mitzunehmen. Keiner von ihnen kannte Drake. Das einzige Mal, dass sie ihn zu Gesicht bekamen, war, als ich ihm die Maske abnahm. Alle sind nun trotzdem bereit, uns zu begleiten. Was für großartige Menschen mir zur Seite stehen, wird genau in diesem Moment deutlich, denn jeder von ihnen weiß, was dieser Gang für mich bedeutet.

Er liegt auf einem der kleineren Friedhöfe. Sein Grab ist so unscheinbar, dass man glatt daran vorbeilaufen könnte, ohne auch nur zu merken, dass dort eine Person begraben ist. Sein Grabstein ist schlicht, allerdings im Gegensatz zu den meisten nicht grau, sondern weiß. Er liegt genau neben seinem Vater Andrew Coleman. *Drake Andrew Coleman*, steht dort in goldener Schrift.

„Er hieß Andrew mit zweitem Namen?", werfe ich in die Runde.

„Ich wusste das lange auch nicht", stellt sich Amy neben mich.

„Ich werde das Gefühl, glaube ich, nie los, ihn eigentlich gar nicht gekannt zu haben. Er hat immer nur das gezeigt, was er auch zeigen wollte." Sie starrt mit Tränen gefüllten Augen auf den Stein.

Als ich Amy betrachte, stark und dennoch von diesem Funken Wut und Niedergeschlagenheit beeinflusst, wird mir deutlich, dass ich mich von ihr gar nicht so unterscheide. Auch sie fragt sich, wieso er das getan hat, und zweifelt immer wieder, ob er wirklich etwas für sie empfand.

Er war ihr, wie es scheint, leider kein wirklich guter Freund. Drake war ein Mythos, von dem keiner von uns genau weiß, was ihn eigentlich ausmachte. Vielleicht war er auch nur ein Reisender, der selbst nach Lösungen suchte. Es scheint fast so, als ob er verlorener war wie wir alle. So verloren, dass er sogar bereit war, sein Leben zu riskieren. Wobei mir diese Art von Verrücktheit auch sehr vertraut vorkommt.

Ich nehme Amys Hand, halte sie fest und sie greift nach meiner. Kein weiteres Wort kommt über meine Lippen. Nach alledem habe ich nichts mehr zu sagen. Auch die anderen schweigen, aber wir wissen: Es war richtig, herzukommen. An sein Grab. Ein Teil von mir würde immer hier sein, ganz unabhängig davon, auf welchem Kontinent ich mich gerade befinde. Genau das wollte ich vermeiden. Man kann kein neues Leben beginnen, wenn man das alte nicht verlassen hat.

Im Anschluss fahren wir Amy nach Hause, vergewissern uns aber vorher, dass es ihr gut geht, bevor wir uns auf dem Weg in unser Apartment machen. Ich bitte die anderen, mich für eine Stunde allein zu lassen. Natürlich kommt die Frage auf: „Wieso?“ Aber es geht nun nur noch um meine Wenigkeit, also halte ich dem Druck der Rechtfertigung stand und sage schlichtweg, dass sie nicht alles wissen müssten.

Geduldig warte ich darauf, dass alle verschwinden und aus dem Wagen aussteigen, der noch immer vor unserem Apartment hält. Dina winkt und Joe blickt einige Male etwas verwirrt zurück. Lediglich Christin hat es wohl hingenommen und geht ohne einen stutzigen Gesichtsausdruck. Vielleicht hat sie auch einfach keine Lust mehr auf eine Auseinandersetzung mit mir. „Zum Paul’s Chapel Friedhof, bitte“, sage ich zu Ron, als alle weg sind. „Und können wir vielleicht an einem Blumenladen halten, bevor wir dort hinfahren?“, frage ich höflich.

„Aber natürlich“, meint er.

Ich kaufte Rosen. Einen gelben Strauß und einen rosafarbenen. Sie duften herrlich und wiegen mehr, als man es ihnen ansieht. Ich achte darauf, dass meine Kleidung vom Wasser der Stiele verschont bleibt, auch wenn es nur Wasser ist. Ein Fleck hätte mein Stressbarometer jetzt nur unnötig nach oben getrieben. Ron hält mir die Türe der schwarzen Ford-Limousine auf, als wir am Ziel ankommen, da ich mit den beiden Blumensträußen genug zu tun habe.

„Ich werde eine Weile hierbleiben“, sage ich zu ihm. „Du kannst gerne einen Kaffee trinken gehen oder so.“

Er schmunzelte. „Danke. Ich werde warten.“

Ich hole tief Luft. Der Geruch von nasser kalter Erde kitzelt die Nasenhaare und gibt mir die Verbundenheit, die ich an diesem Ort suche. Ich laufe zum Grab meiner Eltern und lege den Strauß mit den gelben Rosen ab. Gelb ist die Farbe, die beide am meisten mochten. Christin erzählte mir einst, als ich voller Panik in meinem Bett lag und mich an ihre Hand klammerte, dass mein Dad zu seinem zweiten Date mit meiner Mom eine gelbe Rose mitbrachte. Nervös überreichte er ihr die Blume. Sie bedankte sich verlegen.

Dann fragte er: „Weißt du, wieso ich diese Farbe ausgewählt habe?“

„Nein, warum?“

„Weil es die Farbe der Bienen ist, die sie anlockt, um den süßen goldgelben Honig zu produzieren. Die Sonne ist gelb und schenkt uns Wärme, Hoffnung mit jedem Auf- und jedem Untergang.“

„Das ist wirklich sehr lieb von dir“, antwortete Sara.

„Das freut mich, wenn sie dir gefällt. Und diese Gründe sind weit tiefgründiger, wie die Tatsache das ich farbenblind bin und keine Ahnung von Blumen hab.“ Sie lachten beide – und das war wohl der eine Wimpernschlag, der sie auf ewig zusammenbrachte. Dieser nicht gut durchdachte Witz. Wie schön zwei Herzen doch sein können, wenn sie sich gefunden haben. Schweißgebadet, der Angst verfallen, konnte mir Christin mit dieser Geschichte damals ein Lächeln ins Gesicht zaubern. Jedes einzelne Mal, wenn sie wieder davon erzählte. Mom erzählte ihr wohl sehr oft von dieser Erinnerung, sodass es sich für Christin so angefühlt haben mochte, als wäre sie damals dabei gewesen.

Jetzt, hier an ihrem Grab, geht mir die Geschichte wieder durch den Kopf. „Ich hoffe, euch gefallen die Blumen“, sage ich zu meinen Eltern, deren tote Körper hier begraben sind. „Christin hat mir die Geschichte dazu immer vorgetragen. Selbst wenn ihr nicht da seid, helft ihr mir. Manchmal wünschte ich, ich könnte euch um einen Rat bieten. Einfach um mich zu vergewissern, dass ich das alles richtig mache. Ich hoffe, ihr seht mir, wo auch immer ihr seid, zu und seid stolz auf mich. Das wünsche ich mir wirklich.“ Ich mache eine Pause und stochere mit dem Schuh in der Wiese herum. „Ich werde für eine Weile gehen und ich weiß nicht, wann ich zurückkommen werde. Aber wenn ich wieder hier bin, hoffe ich, dass jemand an meiner Seite sein wird, mit dem ich auch solche Momente teilen kann“, schmunzele ich verlegen. „Ich liebe euch“, winke ich den beiden zum Abschied zu und laufe einige Meter weiter.

An Rachels Grab angekommen, lege ich die rosa Pracht ab. Nervös kratze ich mich am Kopf. Viele Worte gibt es nicht mehr zu sagen. „Ich werde dich nie vergessen“, ist alles, was ich noch einmal loswerden will. Ich erhebe mich und entfernte mich langsam. Mit meiner Hand schicke ich ihr einen Luftkuss zu und gehe dann zurück zu Ron.

Ich will hier keinen dramatischen Abschied hinlegen, nicht jetzt und auch nicht später. Ich weiß aber in dem Moment, als Ron die Tür des Wagens öffnet, dass sich ein Teil meines alten Ichs gerade verabschiedet hat. Man sagt, man hat nur ein Leben, aber ich denke, man führt viele kleine, so lange man die Chance hat, auf dieser Welt zu leben. Man nimmt allerdings nur das mit, was man in seinem neuen Leben braucht. Erfahrung. Man mutiert zu einer anderen Person, ob dies gut oder schlecht ist, entscheidet jeder selbst.

Etwa fünf Stunden vor dem Flug und zwei nach dem Besuch des Grabes klopfte es an der Tür unseres Apartments, zu dem mich Ron gefahren hat. Da wir weder Gäste noch andere Anweisungen von Mia erhalten haben, öffnet niemand von uns.

Es klopft erneut, lauter und energischer als zuvor. „Ich werde hingehen“, opfert sich Joe, der sein Magazin über Eiweißproteine und deren genauere Wirkung zur Seite legt.

„Sei aber vorsichtig“, kaut Dina nervös auf ihren Mittelfinger und erstarrt wie steif geschlagene Sahne.

Eine ganze Weile vergeht, bis Joe mit einem dicken Briefumschlag zurückkehrt. „Da war niemand“, sagt er. „Das Einzige, was dort lag, war dieser Brief.“

„Die Person ist verschwunden?“, meint Christin.

„Es steht dein Name darauf“, überreicht Joe mir den Umschlag.

Sehr in Mitleidenschaft gezogen sieht er aus, eine Ecke hat bereits ein Eselsohr. Mit letzter Kraft scheint der Umschlag den schweren Inhalt bei sich behalten zu wollen.

„Na los, mach ihn auf“, fordert Christin.

„Ich bin mir nicht sicher, ob ich wissen will, was drin ist.“

„Machst du Witze, ich platze gleich vor Neugier“, kommt Dina auf mich zu.

Widerwillig öffne ich den Umschlag. Behutsam hole ich den Inhalt heraus. Es sind Fotos. Unzählige Bilder meiner Eltern, Bilder von Christin und mir, als wir noch kleiner und die Welt eine einfachere war. Auch Bilder der anderen sind darin. Von Dina, als sie noch nicht wusste, dass sie bald ihren Vater verlieren wird. Von Glen und Joe, die noch liebe Jungs des Vorortes waren. Bilder der Clique, die den Lehrern jeden Nerv raubte. Fotografien, die uns dazu bringen, auf der Couch des Wohnzimmers Platz zu nehmen, und uns dazu anregen, uns über jede Geschichte hinter den Schnappschüssen zu unterhalten. Keiner von uns findet allerdings heraus, wer uns diese Bilder geschickt hat. Verdächtig in dieser Angelegenheit, machte sich jedoch Mia, die nun auch noch zu uns stößt und sich von Christin mit Kakao verwöhnen lässt. Neugierig schweift ihr Blick über die Fotografien und sie kann sich die Freude über die Bilder nicht verkneifen.

„Danke", sage ich leise zu ihr. Und für eine Sekunde kann ich das Funkeln in ihren Augen sehen, bis sie schnell wieder die Kontrolle über sich gewinnt. „Dann gehen wir jetzt zum Flughafen", räuspert sie sich und lenkt so geschickt vom Thema ab.

Der Flug

Am Flughafen angekommen, ist die erste Hürde, einen Parkplatz zu finden. Wie viele unfähige Menschen ihren Führerschein haben, wird einem dann bewusst, wenn jeder Zentimeter der Parklücke zählt. Auch das Öffnen der Autotür wird zur Kunstturnübung, bei der die Haltung über jeden noch so kleinen Kratzer entscheiden könnte. Hat man diese Aufgabe gemeistert, steht man meist schon vor der nächsten. Willkommen im Flughafen Actionpark. Bei der Gepäckaufgabe verrät der Titel bereits, dass manche Menschen hier schon aufgeben. Was völlig verständlich ist, denn die Schlange ist lang. So lang, dass Christin bereits das zweite Mal die Toilette aufsucht und Joe so lange mit seiner Freundin telefonieren kann, bis diese selbst am Flughafen ankommt. Nachdem ich meine schwere Jacke aus dem Gepäck entfernt habe, ist mein Koffer gerade leicht genug, damit er mitfliegen darf.

Dann heißt es: Abschied nehmen. Auf eine Art und Weise, die ich selbst noch nicht kannte. „So", atme ich schwer.

„So", wiederholt Christin.

Ich blicke auf das Boarding-Schild, um mich zu vergewissern, dass es tatsächlich so weit ist. Christin legt ihren Arm um mich, auch Dina und Joe suchen die Nähe zu mir. Um uns herum sind Mia und Ron sowie Joe und seine Freundin Billy – und Hunderte Menschen. Familien, Geschäftsmänner und -frauen, Piloten, Rettungshelfer, Ärzte, Paare, Senioren und Menschen wie ich. Nach unserer Gruppenumarmung schweigen wir.

„Ich schreib euch, sobald ich angekommen bin", drehe ich mich zu Mia um.

„Katie, lass etwas von dir hören."

„Das werde ich machen."

„Pass auf dich auf." Wir schütteln uns die Hände und Mia drückt mich kurz und knackig an sich. Ich tätschele ihr mit meinen Fingerspitzen auf den Rücken. Dann lässt sie mich los.

„Bis bald", sage ich und laufe los.

„Katie?", höre ich plötzlich eine tiefe, sanfte männliche Stimme, die sofort einen dumpfen Schlag in meinem Körper verursacht. Die Angst zu sehen, wer da steht, ist groß, denn ich habe bereits eine Ahnung. Ich drehe meinen Kopf und sehe einen Mann, den ich nicht kenne und der wohl eine andere Katie rief. Ich winke den anderen noch einmal zu. Es war wohl mein geheimer Wunsch, dass sich vielleicht eine bestimmte Person von mir doch noch verabschieden möchte ... und Mia Glen dafür Ausgang gegeben hat. Allerdings bleibt es bei meinem Wunsch.

Dann erblicke ich allerdings jemanden, von dem ich dachte, dass er abgereist sei. „Tante Grace!", rufe ich freudig aus.

„Wieder einmal überrascht, nicht wahr?", lacht sie und empfängt mich mit offenen Armen. „Niemals hätte ich mit gutem Gewissen zu Hause sitzen können, wenn ich doch weiß, was du vorhast, meine Kleine." Fast erdrückt von ihrer Liebe versuche ich, mich zu befreien. „Viel Spaß, mein Engel. Wer weiß, vielleicht kommt dich deine verrückte Tante mal besuchen."

Ich drücke sie noch einmal fest. „Hab dich lieb."

„Ich dich auch, meine Kleine. Wobei ... so klein bist du gar nicht mehr", höre ich ein Zittern in ihrer Stimme.

Auch ich merke, wie der Kloß in meinem Hals größer wird. Bevor mich jede Überzeugung verlässt, hier das Richtige zu tun, winke ich schnell allen noch einmal aus der Entfernung. Dann gehe ich in den Boardingbereich und drehe mich kein einziges Mal mehr um. Es ist besser so. Kurz und ohne lange darüber nachzudenken, was sich nun verändern wird. Manchmal muss man es einfach machen.

Als das ganze Gefummel und Durchleuchten beendet ist, setze ich mich an meinem Gate auf einen der freien Plätze und warte. In einer halben Stunde darf ich die Maschine betreten. Etwas angespannt scrolle ich durch die Galerie meines Handys. Da fällt mir ein, dass ich dies noch auf den Flugmodus umstellen muss. Gerade als ich die Funktion aktivieren will, erreicht mich eine Nachricht. Kein: *Ich werde dich vermissen oder geh nicht.* Es ist ein Herz. Der Absender heißt Glen. Wie es aussieht, wurde ihm die Benutzung eines Handys für eine kurze Zeit gestattet. Überwältigt davon starre ich auf das schlagende Herz. Mehrere Minuten lang. Soll ich antworten? Nein. Ich verlasse den Chat und schalte den Flugmodus ein. Es ist besser so.

Dann wird der Flug aufgerufen und bald darauf quetsche ich mich durch den engen Gang, als ich an einem dicken Mann nicht vorbeikomme, der es nicht schafft, sein Handgepäck in das obere Fach zu legen. Er stöhnt und seine kurzen wabbligen Arme erreichen nur mit den Fingerspitzen den Henkel seiner hellbraunen Ledertasche.

„Entschuldigung", sage ich ungeduldig.

„Verzeihung, warten Sie, ich lasse Sie vorbei", sagt er freundlich. Dann packt mich doch ein wenig das schlechte Gewissen und ich versuche, den Mann, der sein blaues Shirt schon durchgeschwitzt hat, aus dieser Situation zu retten, und helfe ihm, sein Gepäck zu verstauen.

„Vielen Dank, Miss", sagt er.

„Kein Problem", lächle ich etwas peinlich berührt.

„Kennen wir uns von irgendwoher?", fragt er skeptisch.

„Nein, nicht dass ich wüsste", antworte ich.

„Aber Ihr Gesicht kommt mir bekannt vor", hakt er weiter nach.

„Ja, das passiert mir immer wieder mal. Ich habe wohl eines dieser Allerweltsgesichter", versuche ich es humorvoll und entferne mich mit kleinen Schritten. Ich weiß, dass ein Blick in die Zeitung reichen würde ... und zack wüsste er, wer ich bin. Denn zwei Tage nach der Ehrung fungierten Dina und ich als Titelbild zu der Veranstaltung in den Medien. Etwas kleiner findet man daneben ein Gruppenbild, auf dem Christin die Augen zu hat und Joe gerade seine Krawatte richtet. Zeit ist nun mal Geld, da musste wohl ein Schnappschuss reichen. Danke, liebe New York Times.

F3. Ich sehe meinen Sitzplatz. Um der unangenehmen Szenerie zu entfliehen, stürze ich mich förmlich darauf. Meinen schwarzen Rucksack verstaue ich in einem der noch freien Fächer. Auch meine cremefarbene Bomberjacke ziehe ich aus und lege sie neben das Handgepäck. Dann setze ich mich, in der einen Hand mein Handy, das ich kunstvoll mit dem Kabel meiner Kopfhörer umwickelt habe, in der anderen Hand eine kleine Flasche Wasser. In meiner Reihe bin ich die Erste, die ihren Platz eingenommen hat. Zu meinem Glück ein Fensterplatz, ein Hoch auf die Möglichkeit, sich so etwas reservieren zu können. Meine Armbanduhr zeigt 18:27 Uhr, als ich einen Blick darauf werfe. Noch acht Minuten bis zum Start.

Nach und nach füllen sich die Plätze. Ein Pärchen im mittleren Alter setzt sich neben mich. „Keine Sorge, meine Engel, wir werden

dich nicht stören“, meint die Dame etwas zu motiviert für diese Uhr-
zeit. Mit hochgezogenen Augenbrauen nicke ich ihr zu. Die Türen des
Riesenvogels schließen sich, das macht ein dumpfes Geräusch. Die
Stewardessen bitten darum, dass sich die Passagiere hinsetzen und an-
schnallen, während der Pilot mit uns bereits in Richtung Startbahn
rollt. Dann meldet er sich am Mikro seines Cockpits zu Wort. Selbstverständlich genauso, wie es wohl schon seit Generationen Brauch ist,
unverständlich und nuschelnd. Irgendetwas von Temperatur und wie
er sich darüber freut, uns willkommen zu heißen. Sehr nett. Wenn
man sich da nicht sicher fühlt, dann weiß ich es auch nicht.

Ich habe noch nie zuvor in einem Flugzeug gesessen. Ich kenne das
nur aus den Erzählungen meines Dads oder meiner Schwester. Auch
habe ich darüber schon zahlreiche Filme gesehen. Doch das Gefühl,
das man im Bauch spürt, wenn es losgeht, die Triebwerke Fahrt aufnehmen, der Sitz und alles an einem selbst zu vibrieren anfängt und die
Schwerkraft einen tief in das Polster drückt, wenn die Reifen schnell
und ungebremst über den Asphalt rollen, schließlich die Haftung verlieren, ist unbeschreiblich. Ich weiß jetzt, dass ich alles, was auf diesem Stück Erde passiert, hinter mir lasse. Dieser Zustand lässt sich
nur schwer in Worte fassen, vor allem für jemanden, der noch nie geflogen ist. Ich glaube aber, diese Beschreibung trifft es ganz gut. Diese
einzigartige Empfindung übermannt mich gerade und lässt mich die
ganze Kraft der Maschine spüren. Die Dame neben mir scheint auch
diverse Gefühl zu verspüren, Freude oder Wohlbefinden scheint jedoch
keines davon zu sein. All meine Hoffnung ruht auf der Spucktüte am
Rückennetz des Sitzes vor ihr. Eine Erfahrung, auf die ich bei meinem
ersten Flug verzichten möchte. Ich bete eigentlich nie, vielleicht sollte
ich nun damit anfangen. Wobei ich mir nicht sicher bin, ob das ein
akzeptabler erster Versuch wäre.

Das Flugzeug neigt sich nach links und schenkt mir einen wun-
derschönen Blick auf die Stadt, in der ich so viel erlebt habe. New
York. Die Lichter der Häuser und Wolkenkratzer sind im Einklang
mit der untergehenden Sonne. Diese lässt die Wolken wie lila Zucker-
watte aussehen und hebt so das Strahlen des Nordsterns hervor. In
meinem ganzen Leben habe ich noch nie so etwas Anmutiges gesehen.
Alles hier versetzt mich in einen Zustand, der meditativ und zeitlos
erscheint. Die optimale Flughöhe wird bereits nach wenigen Minuten

erreicht. Das Signal, das es nun erlaubt ist, sich abzuschnallen ertönt. Das Pärchen neben mir ist sichtlich froh darüber. Der Luftdruck in den Ohren nimmt zu. Meine Wenigkeit starrt noch immer gebannt auf das Himmelsspiel.

Da fällt mir erneut diese Kunststunde ein. Wie ich den Pinsel so sacht wie möglich in lila Farbe tauche. Schwungvoll lasse ich die Borsten über die Leinwand gleiten. Das sanfte Streichgeräusch ist klar zu vernehmen. Immer wieder hört man das Schmatzen der Borsten in den lila Farbklecksen. So langsam erschließt sich das Bild. Ich tauche das Malwerkzeug in das Wasserglas, dort verteilt es sich wie eine aufgehende Blume, und aus klarem Wasser wird ein zarter Fliederton. Ein bisschen Rot und Gelb auf dem Papier lassen es aussehen, als wäre das Gemälde von der untergehenden Sonne geküsst worden. Als hätte diese ihren Lippenstift auf dem Hals des Kunstwerks hinterlassen.

Die Kursleiterin sieht nach mir. „Das sieht großartig aus, Katie." Ihr ist der Stolz ins Gesicht geschrieben. Ich betrachte meine Arbeit.

Stolz ist kein Begriff für mich. Ich hatte die Kontrolle über das, was hier geschieht, und habe etwas Wunderbares erschaffen. Ein Bild aus lila Wolken. Eine Vision, die durch mich Gestalt annahm. Ein Traum, aus dem man nicht aufwachen möchte.

Den lila Wolken gleich habe ich eine Vorstellung von mir selbst im Kopf. Umso schöner ist es, jetzt in einem Flugzeug zu sitzen, das mir als Geschenk eine Himmelsdecke zeigt, die noch berührender ist als die, die einst in meiner Fantasie entstand.

Wie in Trance schweift mein Kopf über die Passagiere, manche bereits schlafend, eine Gattung Mensch, die wohl zu den frühen Vögeln gehört. Eine Nachteule, wie ich es bin, kann nur wenig Verständnis für diesen Biorhythmus aufbringen. Andere warten bereits auf das Abendessen, das in der kleinen Küche vorbereitet wird. Die einen lesen, die anderen blicken so betäubt wie ich aus dem Fenster oder überlegen einfach nur, ob es sich schon lohnt, das WC aufzusuchen, oder ob sie noch warten sollen.

Die Sonne erleuchtet mein Gesicht, als ich es wieder dem Fenster zuwende. Meine Augen glitzern. Und dann – auf einen Schlag – ist alles weg: Big Apple, Liberty Island, meine Eltern, meine Schwester, meine Freunde. Das alles habe ich beim Betreten dieser Maschine hinter mir gelassen.

Viel mehr sogar noch. Meine Ängste, meine Zweifel, das Mädchen mit den schwarzen schulterlangen Haaren, das ich war. Die junge Frau, die nächtelang mit sich selbst rang. Sie existiert nicht mehr.

Ein mir nicht bekanntes Kapitel wird genau jetzt aufgeschlagen. Die Geschichte einer Kämpferin, ja, das war ich – und das bin ich. Eine junge, starke und unerschütterliche Frau sitzt im Flugzeug nach London. Bereit für das, was kommen mag. Genau so fühlt man sich, wenn man fliegt. Frei.

Dankbarkeit und Frieden ist erfüllend.

Es wird still.

Still in meinem Kopf, in meinem Herzen.

Federleicht ist die Seele.

Ich lege meine Handinnenflächen aneinander, halte diese religiöse Geste an meine Lippen, schließe die Augen und danke einem Universum für diesen Moment.

Den Moment, als es still wird.

Die Autorin

Julia Thurm ist 1995 in Friedrichshafen geboren und aufgewachsen.

Nachdem ihr Geschichtslehrer sie von der Teilnahme am „Landespreis für Heimatforschung" überzeugt hatte, erreiche sie dort sogar das Finale.

Unmittelbar danach fing sie an, an ihrem ersten Buch zu arbeiten.

Unser Buchtipp

Julia Thurm
Der Moment, der alles änderte
Ein New Yorker Jugendkrimi

Taschenbuch, 126 Seiten
ISBN: 978-3-86196-594-7

Auch als E-Book erhältlich

Als Katie eine mysteriöse Halskette auf dem Dachboden findet, dreht sich ihr Leben um 180 Grad. Menschen werden getötet und eine lebensgefährliche Jagd zwischen ihr und ihren Freunden, dem FBI und den Aussätzigen beginnt.